ORO Y SANGRE

ALBERTO N. MOJICA

Reservados todos los derechos. No se permite la reproducción total o parcial de esta obra, ni su incorporación a un sistema informático, ni su transmisión en cualquier forma o por cualquier medio (electrónico, mecánico, fotocopia, grabación u otros) sin autorización previa y por escrito de los titulares del copyright. La infracción de dichos derechos puede constituir un delito contra la propiedad intelectual.

El contenido de esta obra es responsabilidad del autor y no refleja necesariamente las opiniones de la casa editora. Todos los textos fueron proporcionados por el autor, quien es el único responsable sobre los derechos de los mismos.

Publicado por Ibukku
www.ibukku.com
Diseño y maquetación: Índigo Estudio Gráfico
Copyright © 2021 Alberto N. Mojica
ISBN Paperback: 978-1-64086-815-1
ISBN eBook: 978-1-64086-816-8

Este Libro es para mi madre, que ha soportado mi ausencia durante tantos años.

A Myriam por decorar mi vida.

A Samanta y Rayén por llenarla de alegría.

A mi familia por estar siempre ahí apoyándome y soportando mis locuras.

AGRADECIMIENTOS

A mis primeros lectores: Martha González, Adolfo Navarro, Aviud Martínez y Vicente Mojica, por su invaluable ayuda

A Esther Magar por sus sabios consejos y su gran profesionalidad.

Capítulo 1

Álex Quintero, gran aficionado a la lectura, aprovecha cada oportunidad para visitar la librería pública más antigua de San Luis Potosí, pasa horas entre estantes en busca de un buen libro. No hay prisa, nadie lo espera en casa. Martha, su esposa, está en una de esas juntas de negocios a las que asiste con frecuencia. Álex observa los libros, los toma con mucho cuidado para leer las sinopsis. Finalmente, encuentra algo de su interés.

—Buena elección, Álex.

—Eso espero, Carlos, de lo contrario, después de leerlos, te los devolveré. —Ríe.

—Claro, sin problema. Eres uno de nuestros mejores clientes, y al cliente, lo que pida.

Falta poco para que den las tres en esa soleada tarde. La agradable temperatura vaticina un estupendo fin de semana. Álex se despide del librero y sale. El ambiente es de alegría en el centro histórico, repleto de personas admirando los monumentos, estatuas y templos. La luz le hiere los ojos, se coloca las gafas de sol y con paso seguro se dirige hacia su restaurante favorito; se trata de un local de comida mexicana con una gran terraza que ofrece una espectacular vista de la plaza del Carmen, donde se distraen las familias.

Al doblar la esquina en la calle Mariano Escobedo, se topa con una escena que, incomprensiblemente, todos ignoran. Unos jóvenes se divierten a expensas de un hombre mayor, un vendedor ambulante, al que despojan de sus mercancías para arrojarlas por los suelos sin consideración. Álex no lo piensa dos veces, se acerca deprisa a ayudar. El grupo de jóvenes ve en Álex a su próxima víctima, creen que se lo merece por entrometido, debe pagar las consecuencias. Lo increpan e insultan; Álex simplemente tiende la mano al pobre hombre para que se levante. En ese momento, el más atrevido lo agarra por el hombro y tira con fuerza al tiempo que le lanza un par de golpes; Álex los esquiva con facilidad y mira a los ojos a su agresor para disuadirlo, sin embargo, el deseo de ser aceptado en el grupo lo impulsa a seguir. Tiene que demostrar su masculinidad para que los otros la certifiquen. Los testigos son parte esencial para cerrar el círculo de ser alguien. Álex detesta los abusos, sobre todo la violencia, pero solo con palabras no podrá detenerlos, no le queda más remedio que darles una lección. Sus acciones son mesuradas, le basta un par de minutos para lograr su objetivo. Los jóvenes, humillados, se marchan.

El vendedor ambulante se acerca a Álex para agradecerle su ayuda, tímidamente le estrecha la mano, le ofrece un dulce y se despide para continuar su camino. Álex, por un momento, lo sigue con la mirada, y sonríe feliz. También siente un poco de pena por los chicos, pero no podía permitir tal injusticia. Se reconforta al pensar que ha actuado de acuerdo con los principios que aprendió de su madre: empatía, solidaridad y respeto al prójimo. De su padre, propietario de una pequeña imprenta, heredó el amor por la lectura y la honradez.

Álex es de estatura mediana y complexión atlética. A sus treinta y un años, se mantiene en buena forma gracias a las artes marciales. Se graduó como abogado penalista en la Facultad de Leyes de San Luis Potosí. Su gran desempeño en la universidad le abrió las puertas de GOPES, el grupo de seguridad pública de operaciones especiales, donde ejerció como representante legal de la institución y llegó a ser el jefe del bufete de abogados. Allí conoció a Max Rodríguez, jefe del grupo Halcones; simpatizaron de inmediato, su pasión por las artes marciales los convirtió en grandes amigos. Max introdujo a Álex en el mundo del buceo, que practican siempre que es posible. El Caribe mexicano es su lugar preferido para disfrutar de esta actividad.

Las experiencias compartidas en el ámbito laboral fortalecieron su vínculo. La honestidad de Max era una piedra en el zapato para los políticos y mandos policiales corruptos, por lo que intentaron acabar con él acusándolo de asociación ilícita y abuso de autoridad, entre otros delitos. En la mayoría de las corporaciones policiales mexicanas, la ilegalidad es el pan de cada día. Los mandos son seleccionados por altos cargos políticos, que los utilizan de la forma que más les conviene y los destituyen cuando ya no los necesitan. Álex Quintero defendió a su amigo y evitó que lo condenasen injustamente. Su triunfo no fue bien visto en las altas esferas políticas, pero no hubo represalias porque todos sabían quién era su suegro. Sin embargo, el día a día se volvió un infierno y Álex decidió buscar otro empleo. La idea de cambiar de aires ya le rondaba por la cabeza. Los acontecimientos vividos después del juicio solo aceleraron un poco las cosas.

Max quiere que siga en la institución, incluso que forme parte del grupo Halcones, pero el sistema político que ha contaminado a GOPES y, sobre todo, su deseo de aportar más a la sociedad le hicieron cursar un máster de Profesorado de Secundaria y acaba de solicitar plaza. Ahora solo espera que se le presente una oportunidad. Sonríe al pensar que bien pudo ahorrarse ese trámite con las nuevas regulaciones de la Secretaría de Educación Pública, que facilitan el ingreso a personas con una licenciatura distinta a la docencia pero con vocación.

—Hola, Álex.

—¿Qué tal, Max?, ¿todo bien?

—No podría irme mejor, ¡mañana salgo de vacaciones!

—Estupendo, no sabes cuánto te envidio.

—No exageres, es solo una semana.

—Da igual una semana o unos días; desconectar un poco me vendría muy bien.

—¿Sabes? Será extraño volver y no verte. Costará encontrar a alguien con tu profesionalidad, entrega y conocimiento jurídico. Te vamos a echar de menos, Álex.

—Bueno, nuestras reuniones no van a terminarse. Solo voy a cambiar de trabajo.

—¿Aún sigues con la idea de ser maestro?

—No es una idea, Max, de verdad me hace ilusión.

—Está bien, está bien, como tú digas. Te lo pregunto porque una prima me ha comentado que buscan uno para una escuela rural, incluso ejercerá de director, ¿te interesa?

—Claro que me interesa, no importa a dónde tenga que ir.

—Muy bien, más tarde te doy su número de teléfono para que hables directamente con ella, se llama Elena.

—Te lo agradezco, Max.

Fue una grata coincidencia que la plaza fuera justo en El Fuerte, donde, algunos años atrás, participó en el proyecto educativo de la universidad *La familia pequeña vive mejor*, con el que orientaron en su planificación familiar a los habitantes. Qué difícil y peligroso resultó. La tradición, cultura y creencias se heredan, y en un lugar como El Fuerte, atentar contra el embarazo es cosa del diablo. Ya lo decían los abuelos, lo repiten los padres y se inculca a los hijos: «Hay que tener todos los niños que Dios te dé». El intento de que cambiaran de parecer significaba, como mínimo, arriesgarse a una paliza. El hombre debe cumplir su función: nacer, crecer y reproducirse. Cuantos más hijos tenga, más macho es; y, por supuesto, es un orgullo casarse con un macho.

En este ejido viven unas doscientas cincuenta familias. Se localiza en el municipio de Santa María del Río, en la región más árida de San Luis Potosí. El sol radiante y la temperatura cercana a los treinta grados son habituales en esta época del año. La naturaleza que lo rodea se compone principalmente de cactus órgano, mezquites y palma yuca. Las milpas de las que viven gran parte de los habitantes o, mejor dicho, con las que tratan de subsistir, se dividen en dos categorías: riego y temporal. La segunda rara vez es productiva; la primera solo alcanza para alimentar a la familia, de entre seis y siete miembros. Muchos de los hijos mayores cruzan la frontera de Estados Unidos, en busca de mejores oportunidades.

Es un milagro que el poblado no haya desaparecido. En las casas no hay agua corriente, muy pocas cuentan con electricidad y el alumbrado público lo conforman tres o cuatro faroles amarillentos que, en lugar de prestar servicio, dan tristeza. El drenaje ni siquiera existe. Pero estas carencias no parecen importarles, son felices y amables y siempre están dispuestos a tender la mano a quien lo necesite. Comparten y brindan incluso lo que no tienen.

En el ejido hay una iglesia, una escuela y varias tiendas. Las mercancías más comunes son pastas, chiles, refrescos, sal, azúcar, maíz y frijol. Y cervezas, muchas cervezas. Pocas son las actividades de ocio para los niños: nadan en el río cuando lleva suficiente agua y juegan por las polvorientas calles, muchos de ellos descalzos, pero siempre con una sonrisa. Y, obviamente, el fútbol. Para los más pequeños, es entretenimiento y diversión; pero los mayores lo ven como un pretexto para embriagarse: hay que festejar si se gana o ahogar las penas si se pierde. El resultado da igual, lo importante es que después del partido no falte la cerveza. El alcoholismo es un problema grave que los fortenses no saben cómo resolver.

Antes, los niños del ejido El Fuerte asistían a clases en Tierra Quemada, un poblado de menor tamaño, pero a pie de carretera, por eso el gobierno decidió ubicar la escuela allí. Durante el recorrido, de aproximadamente cincuenta minutos a pie, se cruzaban, por ejemplo, con víboras de cascabel, típicas de la región; llegan a medir dos metros y medio y su mordedura es dolorosa y mortal para un ser humano. Pero lo peor era atravesar la carretera federal 57. Con la construcción de la escuela primaria en El Fuerte, se habían acabado las largas travesías y los peligros.

Hoy es el segundo aniversario. A las cinco de la mañana, suena el despertador, y Álex no logra apagarlo a tiempo. Martha despierta malhumorada:

—¿Qué significa esto?, ¿has visto qué hora es?

—Lo siento, de verdad, pero hoy necesito llegar más temprano a la escuela.

—¿Más temprano? ¡Por favor, Álex, déjate de tonterías!

—Martha, sabes que para mí…

—Si quieres engañarte pensando que eres feliz con ese trabajo de segunda, adelante; pero yo ya estoy harta.

—¡Trabajo de segunda!, ¡tonterías! ¡Qué triste que pienses así! Discúlpame, no debí alzar la voz. Martha, por favor, trata de entenderlo, esta escuela lo es todo para mí.

—¿Estudiaste una carrera universitaria para terminar en un maldito rancho? Para eso no era necesario invertir tanto tiempo y esfuerzo.

—Intentemos empezar el día de la mejor manera posible, por favor. —Quiere tocarle las manos, pero ella las retira.

—Si quieres empezar mejor el día, es sencillo: ¡cambia de trabajo!

A pesar de los reproches, Álex mantiene la calma. Insiste en explicarle lo importante que es la labor de los maestros, pero Martha le da la espalda, se cubre con el cobertor y cierra los ojos. Él, en silencio, la observa. Si Martha lo acompañara al ejido y experimentase el día a día en la escuela, quizás, comprendería por qué él adora la enseñanza. Ya ha perdido la cuenta de las veces que ha rechazado sus invitaciones a los eventos escolares o a los cumpleaños de José Navarro, con el que mantiene una gran amistad.

De camino a El Fuerte, la nostalgia lo invade al recordar cómo la conoció. La época estudiantil fue la mejor de su vida como pareja, disfrutaban cada minuto que pasaban juntos. Álex se enamoró de ella desde el primer día y, por supuesto, Martha se sentía atraída por él: era guapo e inteligente, un buen partido para cualquiera, menos para la hija de Julio Montemayor, hombre de negocios con ambiciones políticas, un clasista que rayaba el racismo. Nunca estuvo de acuerdo en que su única hija estudiase en una universidad pública, no quería que se relacionara con gente que no era de su posición social. El disgusto de enterarse de su noviazgo con un muerto de hambre casi le ocasionó un infarto, pero se tragó su orgullo por amor a su hija, sobre todo porque sabía que a ella, una copia de él mismo, nadie la haría cambiar de parecer. Los padres de Martha optaron por no entrometerse, aunque su actitud descortés para con Álex demostraba su desacuerdo, y esto motivó a Martha a continuar con el noviazgo. Para ella, era simplemente un desafío, y en plena rebeldía de juventud, gozaba rompiendo las normas de sus padres.

Álex luchó contra todos y contra todo, tenía la esperanza de que su futuro suegro lo aceptara; pero Julio Montemayor estaba convencido de que se trataba solo de un capricho de su hija, era cuestión de tiempo que se olvidase de esa tontería. Sin embargo, Martha terminó enamorándose de Álex, quizás no de la misma forma que él, pero sí lo suficiente para planear una vida juntos. Tan pronto como se licenciaron en sus respectivas carreras, contrajeron matrimonio. La relación entre Álex y su familia política empeoró el mismo día de la boda. Julio Montemayor, durante el festejo, dio a conocer a bombo y platillo lo que les tenía preparado: nada más y nada menos que un puesto importante para cada uno en una empresa de su propiedad. Martha aceptó de inmediato. Que su recién estrenada esposa siguiera los pasos paternos, le parecía lo más lógico, pero él rechazó la oferta. Eso ocasionó la primera discusión seria con Martha y su familia, sobre todo porque Julio Montemayor se lo tomó como una ofensa.

—Entiéndelo, Julio, yo no puedo recibir semejante regalo.

—Ah, mira, el señor tiene orgullo. ¡Escucha bien: a mí no me vas a avergonzar delante de tus invitados!

—Te equivocas: es mi boda, pero son tus invitados, porque hasta en eso tuviste la última palabra. Y no te preocupes, todos creen que simplemente estamos platicando.

—Sé muy bien que te has casado con mi hija por interés, para ser alguien en la vida. Rechazas mi regalo porque te parece poca cosa, eres más ambicioso. ¿Hasta dónde quieres llegar?, ¿cuáles son tus intenciones?

—Julio, te has formado una opinión sobre mí sin conocerme y no la cambiarás diga lo que diga, así que esta discusión no tiene sentido.

—No te confíes, Álex: Martha pronto se dará cuenta de su error y tú volverás a tu mundo.

—Según tú, ¿cuál es mi…? ¿Sabes qué? ¡Olvídalo! Sigue disfrutando de ¡tu! fiesta.

Gracias a su preparación y a la habilidad empresarial heredada de su padre, Martha pronto formó parte de la mesa directiva, y en tiempo récord se convirtió en directora general. Esa rebeldía de antaño, con la madurez, se transformó en un carácter fuerte. Ahora es una mujer que va siempre de cara y dice lo que piensa. Está imbuida de la ideología paterna: solo busca posición social, riqueza y poder.

A pesar de la clara negativa de Álex, Martha nunca ha dejado de pedirle que acepte trabajar en su empresa. Piensa que así su relación mejorará y los reproches familiares terminarán. Su insistencia ha aumentado desde que es maestro. Desea que se olvide de ese insignificante empleo y de ese horrible lugar que, sin conocerlo, ya odia. Sus padres la convencen sutilmente de que Álex es el culpable de todos sus problemas. Años atrás, esos comentarios la motivaban a seguir con él, pero ahora hacen que se arrepienta de haberse casado con alguien que no es de su clase.

Álex tarda hora y media en llegar a El Fuerte. Para festejar el aniversario, la maestra Ana María y él, con ayuda del alumnado, han organizado un evento. Toma el micrófono, feliz, y saluda a los presentes:

—Buenos días, ¿cómo están todos?

Un coro de voces infantiles le responde:

—¡Muy bien, profe! ¿Y usted?

Sonriendo, alza ambos pulgares con una pose cómica, y el público suelta una carcajada. Su relajo y desenfado agrada a quienes lo conocen. Álex agradece la asistencia de padres y autoridades y comienza su discurso.

—Hoy celebramos el segundo aniversario de la escuela María Morelos y Pavón. Desde que abrió sus puertas por primera vez, hace posible que sus hijos se formen a la vuelta de la esquina, se preparen para el futuro. Como ustedes bien saben, aquí comenzó mi carrera como profesor y como director.

Este centro me acogió entre sus brazos de una manera que nunca olvidaré. Puedo asegurarles que aceptar este puesto es una de las mejores decisiones que he tomado en mi vida. Por todo el apoyo y la confianza recibidos, quiero decirles… ¡gracias, muchas gracias! Maestra Ana María, alumnado y padres, gracias por estos dos maravillosos años, espero que sean los primeros de muchos, muchísimos más. ¡Que empiece la fiesta!

El programa es extraordinario. El profesorado lo tuvo claro desde los preparativos: tenía que ser algo atípico. Con gran acierto, aprovecharon las cualidades individuales de sus alumnos, como la magnífica voz de Israel o la gracia de los de primer grado imitando a los maestros. Hay de todo: espectáculo, emoción y situaciones chuscas para el recuerdo. El público ríe cuando Rosalba, alumna de segundo año, se equivoca por los nervios y, al buscar la mirada del profesor, este, con un guiño y una sonrisa, la anima para que continúe.

Por fin se olvida de la discusión con Martha. Se siente útil para la sociedad, disfruta de su trabajo y del día a día con los niños. Ellos lo adoran y ven en él un ejemplo: tiene respuesta a cualquier pregunta, habla con fluidez y elocuencia, pero de manera comprensible. Se ha ganado el respeto de los padres, que confían en ese hombre elegante, honrado y siempre dispuesto a ayudar. No se arrepiente de haber cambiado los juzgados por las clases.

Capítulo 2

Los primos Méndez crecieron juntos en uno de los barrios más peligrosos de San Luis Potosí y han cuidado el uno del otro desde que tienen uso de razón. Sus padres, al igual que ellos, eran inseparables. Un día, salieron a emborracharse como solían hacer, y desaparecieron. Nunca más se supo de ellos. Los primos cursaban sexto de primaria cuando esto sucedió. Con la excusa de ayudar económicamente en casa, abandonaron la escuela para trabajar de boleros, lavacoches o viene-viene. Pasaban la mayor parte del tiempo en la calle, el dinero fácil llamó su atención y empezaron a delinquir: robo a casa habitación y asalto a mano armada a gente o a tiendas de abarrotes y carnicerías. Era más sencillo atracar pequeños negocios que un banco.

Tenían dieciséis años cuando cometieron su primer homicidio. Dicen que fue un accidente, ellos solo querían apoderarse de las pertenencias de un hombre mayor, pero se resistió. Uno de los primos, de carácter impaciente, le propinó un empujón que lo hizo caer aparatosamente y golpearse la cabeza contra el suelo. No saben si esa fue la causa de la muerte o la golpiza que le dieron después. No hubo testigos, nadie los relacionó con los hechos y la incapacidad de la policía para resolver el crimen los salvó de ser encarcelados en un reclusorio para menores.

Su deseo de ser soldados de élite nació de los videojuegos de los que ambos son fanáticos. Tan pronto cumplieron la mayoría de edad, se alistaron, y todo se quedó en un sueño. Nunca ascendieron. Después de cinco años de servicio e interminables arrestos por indisciplina y otros muchos motivos, los expulsaron. O mejor dicho: el ejército lanzó dos bombas de tiempo a la calle. Gracias a su instrucción militar, dominan el manejo de las armas de fuego y la pelea cuerpo a cuerpo, son un peligro para la sociedad potosina. No tienen interés en encontrar trabajo, no saben hacer nada, prefieren delinquir, como ellos mismos dicen, «de forma profesional».

Uno es inteligente, el cerebro que analiza y decide; el otro, el brazo ejecutor. Son hombres sin escrúpulos ni sentimientos, los conocen como el Dúo Diabólico. Por un puñado de dinero, son capaces de vender a sus madres, si supieran dónde están, claro. Cuentan con un grupo de incondicionales que cumplen cualquiera de sus órdenes. Su mejor cliente es, sin duda, el Lic, para quien realizan trabajos de todo tipo: dar palizas o extorsionar a través de llamadas telefónicas a familiares de empresarios o políticos para influir en sus decisiones y obtener ventaja comercial. Cuando escasean los encargos, se dedican a robar a transeúntes en el centro de la ciudad para después venderle todo al usurero. Así llaman a Roberto, el empleado de un negocio de compra-venta de oro, donde pasan bastante tiempo cuando no están jugando a algún videojuego violento en la pequeña casa que comparten.

—Entonces, ¿qué vamos a hacer?

—Todavía no sé.

—Bruno, nos queda poco dinero.

—Tú tranquilo, que algo saldrá.

—Pero que sea ya, o nos quedaremos sin comer.

—No exageres, podemos decirle al usurero que nos haga un paro.

—A ese desgraciado ni agua, ya ves la miseria que nos paga cuando le vendemos algo.

—*Pus* sí, pero son cosas robadas, nadie nos va a dar más.

—¿Y cómo lo sabes?, nunca hemos probado en otro lugar.

—Es peligroso buscar a otro. Además, ya no quiero robar, no es lo nuestro.

—Huuuy, qué pinche fino me saliste.

—No es eso, Mauro, pero *piénsale*: nos arriesgamos un chingo y sacamos muy poco.

—*Pus* a lo mejor, pero es porque este güey es más agarrado que su patrón.

—Pue, pero si no lo hace así, él no gana.

—Lo has de querer mucho, que hasta lo defiendes.

—Ya vente a verlo. Quién quita y nos convida a unas cheves o, mejor, a unos tacos.

—¿Ese güey? ¡Hasta crees!

***

José Guadalupe Pérez Sánchez, conocido como Lupe, es un hombre de veintiocho años, tímido e inseguro. Está todo el día en casa, entretenido con unas revistas infantiles y otras de moda que ni él mismo recuerda cómo llegaron a sus manos. Lee con dificultad, así que solo hojea las infantiles y se embelesa durante horas con las de moda, admirando a las chicas hermosas. Pasa suavemente los dedos por las fotos mientras se acaricia la entrepierna y empieza a soñar.

Hoy Lupe despertó dispuesto a llevar a cabo algo que desea desde hace tiempo, pero tiembla solo de pensar que para eso tiene que ir a la ciudad. Se arma de valor, se viste lo mejor que puede y cuenta una y otra vez el dinero que con gran esfuerzo ahorró; es una cantidad pequeña, si no logra su objetivo, quizás no le alcance para el pasaje de regreso.

Lupe no lo sabe, pero con esa decisión está cavando su propia tumba. Nervioso, viaja a Santa María del Río en la parte trasera de una camioneta. Desde ahí, toma el autobús a San Luis Potosí. Como va atestado de gente, se queda delante y mira a través del parabrisas. El trayecto de tres horas le parece interminable, sobre todo por el mareo y las ganas de orinar. De sus tres visitas a la capital, esta es la primera vez que va solo. Aprieta fuertemente contra el pecho el morral que su madre le hizo a mano. Le han dicho que la dirección que busca está cerca de la Alameda. No puede equivocarse, él ya estuvo allí con su padre, la recuerda bien. Después de unos minutos, sonríe y suelta un suspiro al reconocerla.

Pregunta por el jardín San Juan de Dios. Camina por las calles empedradas y angostas siguiendo las indicaciones al pie de la letra. Mira los nombres de las placas, a la espera de llegar pronto. Gira por la calle Manuel José Othón. El tiempo pasa y Lupe siente que ha sido una estupidez dejar la seguridad de su casa, pero desde que descubrió dónde su madre guarda el oro, su ambición ha despertado. Ahora, cada vez que ella sale, divide su tiempo y sus caricias entre las chicas de las revistas y las pepitas. Imagina que valen mucho y que, cuando las venda, será rico y poderoso, como el dueño del rancho La Esperanza. No, ¡mejor aún!, porque él tendrá una novia guapísima, una como esas modelos. Obsesionado con vivir esa vida de ensueño, ha decidido venderlas poco a poco para que su madre no se dé cuenta. «No hay nada de malo si no espero a que mi *ama* se muera para heredarlas, también son mías». Sonríe y se tranquiliza al tocar esas piedras doradas que lleva dentro del morral.

Cuando ve el jardín, no puede esconder la alegría al confirmar el nombre. Cruza la calle, avanza despacio, compara uno a uno los letreros de los establecimientos con lo que pone en la nota que sostiene con mano trémula. El corazón le late con fuerza cuando lee: «El Sultán Dorado, compra y venta de oro». ¡Ese es! Allí su padre vendió las pepitas. Jacinta, su madre, acostumbra a guardar todo lo que le cae en las manos, gracias a eso, conserva la factura. Con el paso de los años, las letras se han vuelto borrosas, imposibles de leer, pero el nombre del negocio sigue nítido. Con un incontrolable temblor de piernas, entra. Se detiene a dos pasos del mostrador sin saber qué decir. El dependiente y dos clientes se giran. Por sus caras de extrañeza, parecen preguntarse qué busca un hombre de apariencia campesina en un negocio como este.

—¿Qué desea? —pregunta el dependiente.

Lupe, aún más nervioso, traga saliva y responde:

—Me dijeron que aquí compran oro.

—*Pus* te dijeron mal, esto es una tortillería, ¿que no? —Ríe uno de los hombres.

El dependiente lo mira con reproche, después se dirige a Lupe:

—Sí, compramos oro y todo lo que esté hecho de ese maravilloso metal. No encontrarás otro sitio donde te paguen mejor.

Los dos tipos lo observan desde el otro extremo del mostrador, y el dependiente, al percatarse de que esto incomoda a Lupe, les indica la salida con un movimiento de cabeza. Ellos, con una mueca de desagrado, se retiran un poco y dejan de mirarlo para que gane confianza. Lupe se voltea a verlos, después, sus ojos regresan al dependiente, y a paso lento, se acerca al mostrador.

—Y bien, ¿en qué te puedo ayudar?

Lupe respira hondo.

—Quiero vender esto. —Le muestra el oro.

La pureza de la pepita lo deja sin palabras. Lleva años dedicándose a la compraventa de oro y en contadas ocasiones ha visto algo igual.

—¿Dónde las has encontrado?

—No lo encontré, es un regalo de mi papá.

—¿En serio? ¿Y él dónde lo encontró?

—No sé.

***

El color y el brillo del preciado metal activan el instinto delictivo de Bruno. Con un leve empujón en el hombro, le indica a Mauro la puerta, afuera podrán hablar con libertad.

—¿*Vistes* todo el oro que traía? —dice Bruno.

—Ni que estuviera ciego, ¡pa no verlo! Pinche usurero, va a hacer su agosto, ¿que no?

—Ahora hay que ver si el ranchero vende todo o se guarda algo.

—¿Pa robarlo o pa qué?

—Tú déjamelo a mí, estoy pensando cómo chingarlo.

—¿No dijiste que ya no querías robar?

—Pinche primo, ¡en serio! —Ríe Bruno—. Haz lo que te digo y nos ganamos buena lana.

—*Pus* si tú lo dices…

Bruno sabe que a plena luz y en el centro de la ciudad no pueden asaltarlo. Han de actuar con inteligencia. Cruzan la calle para ocultarse en el jardín San Juan de Dios, famoso por las chicas que lo *decoran* y ofrecen sus servicios al mejor postor.

Lupe sale del local, se detiene, observa a su alrededor y coloca una mano sobre el morral, donde guarda el dinero recibido por sus piedras doradas. Nunca ha tenido tanto dinero, ahora está mucho más nervioso que cuando llegó. Siente que todos saben lo que lleva encima. Lo mejor es regresar de inmediato al ejido, pero ¡sería una tontería no aprovechar el viaje! Es un buen momento para conocer la ciudad y gastar un poco. Camina sin rumbo definido. En la esquina del jardín, los dos tipos que ha visto en el negocio lo interceptan.

***

—Hola. Tranquilo, no pasa nada, solo queremos ayudarte —le dice uno—. Nosotros conocemos bien a ese usurero transa al que le vendiste tu oro.

Lupe no sabe cómo reaccionar, que esos hombres le hablaran era lo último que esperaba. Desea perderlos de vista, así que los esquiva para continuar su camino.

—Espera, nomás queremos ayudarte, ¡en serio! —insiste con una sonrisa—. Si ese güey te pagó poco por tu oro, nosotros podemos convencerlo para que te dé más.

—Sí, mi primo está diciendo la neta —interrumpe el otro.

—Nosotros también nos dedicamos a eso. Si quieres vender más, te lo compramos a buen precio.

Lupe niega que le quede oro. Los tipos le dan miedo. Quiere marcharse de ahí lo más rápido posible, pero las piernas no le responden.

—Si es así, pues qué bien. ¿Sabes?, me recuerdas a cuando nosotros llegamos. La ciudad es muy traicionera, la pinche gente, mejor dicho. Hay que tener amigos porque vivir aquí es bien difícil y peligroso. Tú estás solo, y los de rancho siempre ayudamos a los que se vienen a la ciudad.

—Gracias, pero yo no quiero vivir aquí, dentro de un rato me regreso —responde Lupe, que no aparta la vista de las chicas del jardín. Todas le parecen guapas. Pero si las del rancho nunca le hacen caso, estas son inalcanzables.

—Ah, ta bueno, *pus* entonces buen viaje, cuídate.

—Gracias —responde Lupe tímidamente.

—¡Vámonos con las amigas! —dice uno de los tipos mientras abraza al otro.

—¿Amigas?

—Sí, las del jardín, ¡no las hagamos esperar!

—Ah, sí, las amigas, hay que ir rápido, ¿que no?

—¿Ustedes conocen a esas muchachas? —pregunta Lupe.

—Sí, ¿por?

Apenado, mira a sus interlocutores y a las chicas.

—¿Quieres conocer a alguna? Nosotros te la presentamos, ¡neta! Todas son nuestras amigas, bueno, casi todas.

—¿De veras?

—Que sí… ¿Cómo *dijistes* que te llamas?

—Lupe.

—*Pus*, si quieres, Lupe, invitamos a una de las chicas a tomar algo, ¿qué dices?

Lupe traga saliva, no deja de admirarlas. Está seguro de que ninguna se va a fijar en alguien como él.

—Nos *cais* bien p'amigo. ¿De dónde eres?

—Soy de El Fuerte.

—¿El Fuerte?, ¿dónde es eso? Bueno, mientras nos lo explicas, le hablamos a las muchachas y tomamos una cheve, ¿*vedá*, Mauro?

—Sí, tú nomás escoge.

Lupe, aunque quiere decir que no, se deja guiar por los primos, que le prometen pasarla muy bien y correr con los gastos. Entran en una cantina cercana al jardín. Conforme transcurren las horas, Lupe se siente más a gusto en compañía de los dos tipos que amablemente le ofrecen ayuda. Ha tomado bastante, está feliz, ya no titubea y responde a todas las preguntas. Les cuenta que su abuelo trabajó en un rancho y allí encontró oro, que su padre lo heredó cuando su abuelo murió y que ahora es de su madre y de él, pues su padre falleció en un accidente. Su familia es atípica, de las pocas que tienen un solo hijo. A pesar de su edad, su madre esporádicamente trabaja, como muchos otros, en La Esperanza, sobre todo cuando llega el tiempo de la recolecta de alguna fruta o verdura. La hermana de ella, la única tía que vive en El Fuerte, tiene cinco hijos: las dos primas se casaron y se fueron a otro rancho; sus primos emigraron a Estados Unidos hace años, y desde entonces no saben nada de ellos. Él no sale con amigos y no tiene novia.

Mauro le presenta a Michelle. Lupe se pone eufórico, no puede creer que una chica tan guapa hable con él. Quiere impresionarla, así que no repara en gastos, le compra prácticamente todo lo que los vendedores ambulantes ofrecen: flores, lapiceros y ridículos adornos. Las flores le encantan, pero lo demás lo acepta porque Bruno le insiste. Luego, Michelle le toma la mano y lo conduce al hotel más próximo. Lupe regresa a la cantina con cara de felicidad. Los pocos minutos que han disfrutado juntos son lo mejor que le ha sucedido en la vida.

Qué pronto ha pasado el tiempo, ya es de madrugada. Mauro y Bruno casi no han bebido y se ofrecen a llevarlo a casa. Lupe acepta sin chistar, después de todo, ya son amigos.

—Me voy a comprar un coche d'esos grandotes con radio pa *pasiar* a la Michel.

—¿Pa qué, si puedes usar este?, ¿*vedá*, Mauro?

—Sí, cuando quieras, pinche Lupe, ¿que no?

—Ta bien, pero primero tengo que aprender a manejar. —Ríe.

Introducen el nombre del ejido en el GPS del móvil: dos horas y diez minutos. Inician el trayecto en silencio. Lupe sueña despierto con todo lo que ha vivido en un solo día. Se hizo con una cantidad de dinero que nunca pensó tener. La pasó superbién con sus nuevos amigos; ellos sí que son personas finas, y no los rancheros. Hombres de mundo, triunfadores. Y qué decir de Michelle, es lo máximo. ¡Por fin tiene novia! Y qué novia. Se siente el más afortunado del mundo. Cuando en El Fuerte se enteren, será la envidia de los hombres y las mujeres se arrepentirán de no haberse fijado en él. Incluso se plantea mudarse a la ciudad, ya no puede vivir lejos de Michelle, aún le parece escuchar su propuesta de volver a verse: «Siempre que gustes, ven a buscarme, yo aquí te espero». La próxima vez, Lupe le pedirá que se casen, y ella seguro que aceptará encantada. De pronto, el miedo lo invade.

—Oigan, ¿ustedes saben dónde vive la Michel?

—Clarines que sí, tú tranquilo —responde Bruno.

Se entristece al darse cuenta de que no tiene a quien contarle su gran día, pero se anima imaginando la cara que pondrán todos cuando pasee del brazo de Michelle por las calles del ejido, y un día no muy lejano lo hará en coche. Sonriente y feliz, se queda dormido.

***

La luz de la luna ilumina las polvorientas calles de El Fuerte, las casas con techo de carrizo o lámina asoman discretamente por detrás del cercado de cactus órgano. Unos tímidos ladridos rompen el silencio de la noche. Mauro conduce a velocidad moderada, no quiere llamar la atención ni tener problemas con la policía.

—Bruno, despiértalo pa que nos diga *onde* vive.

—¡Lupe, Lupe! —Lo sacude.

—¡Yo pago, yo pago!

—Tranquilo, güey. —Ríe Bruno—. Ya llegamos al ejido, ¿cuál es tu casa?

—Ah, me quedé bien dormido.

—Ni cuenta nos dimos —dice Mauro.

Con los ojos entrecerrados, Lupe mira a través de la ventanilla. Aún sufre los efectos del alcohol y se orienta con dificultad.

—En la siguiente calle, le das pa'llá.

—¿P'onde?

—¡Pa la izquierda, izquierda!

Dobla por donde le indica, cruza la acequia y gira a la derecha. Se detiene frente a una humilde casa de color verde. Lupe les agradece con fervor que lo hayan traído y les recuerda que tiene bien guardada la hoja donde ellos le apuntaron sus nombres y números de teléfono.

Los primos esperan a que entre para corroborar que vive ahí. Tan pronto atraviesa la puerta, Mauro arranca. El siguiente paso es ubicar el rancho La Esperanza y confirmar lo que Lupe les contó. El Fuerte se reduce a dos calles grandes: la principal es la avenida Lázaro Cárdenas y la otra, el camino de la acequia. Los nombres del sinfín de senderos transversales dependen de qué haya al final o de quién viva en ellos; por ejemplo, el camino de Odilón o el sendero de doña Petra. No es difícil encontrar el rancho, solo tienen que continuar por Lázaro Cárdenas, que cruza el ejido y conecta la carretera federal 57 con la carretera municipal 68 a Tierra Nueva, un municipio pequeño y poco visitado, pero conocido por la producción de sombreros de palma. No necesitan llegar hasta la carretera 68: en el arroyo el Cochino, giran a la izquierda, después de subir la pendiente donde un árbol hace las veces de glorieta, tal y como explicó Lupe. A los cinco minutos, se detienen frente a un enorme arco con puertas de metal, arriba se lee: «Rancho La Esperanza».

—Entonces aquí es *onde* el abuelo encontró el oro —dice Mauro—. ¿Y si nos hizo güeyes y ni hay nada?

—Tú te piensas que su abuelo era como tú, ¿*vedá*? —Ríe Bruno.

—Ya, pinche Bruno, ¿de veras crees que aquí *haiga* oro?

—Oh, te digo que sí. Y mucho más. Si hacemos las cosas bien, ¡nos volveremos millonarios!

Capítulo 3

Algunas madres, después de dejar a sus hijos en la escuela, se marchan a toda prisa al rancho La Esperanza: sus maridos se encargan de las tierras y los animales; ellas, de las labores domésticas. Es propiedad de José Navarro, originario de El Fuerte. Hombre de gran corazón que con esfuerzo ha logrado un pequeño imperio agrícola y ganadero. Su hija Fernanda es su brazo derecho. El parto de su segundo hijo, José Antonio, se complicó de tal manera que el recién nacido murió. Su esposa, Amalia, sobrevivió, pero no pudo tener más niños.

José Navarro sueña con ver que los habitantes del ejido ganan lo suficiente para llevar una vida digna. Él estaría encantado de ayudarlos a todos, pero no es posible emplear a tantas personas. A sus trabajadores les da buenos sueldos y condiciones, alguno hasta forma sociedad con él. José les proporciona lo necesario para que siembren: semillas, maquinaria, abono, incluso asesoramiento. Una tercera parte de la cosecha es para José y las otras dos para el propietario de la milpa, el cual es libre de vender sus productos a quien mejor le parezca. Normalmente, terminan vendiéndoselos a José, que les paga el precio justo, varias familias viven un poco mejor gracias a él. A pesar de sus sesenta y seis años recién cumplidos, está lleno de fuerza y vitalidad. Siempre amable y contento, va de un lado para el otro dando indicaciones. Pero no solo ordena, es el primero en trabajar. Juan, el capataz, es fundamental en la prosperidad del rancho.

Ese día, José se apresura en acabar las tareas porque a la una y media ha quedado con Álex. Está ansioso por saber qué propuesta quiere hacerle. El punto de encuentro es la tienda que también funciona como cervecería. Marisol, la dueña, aprovecha el amplio patio colocando tres mesas a la sombra de un gran pirul al que cortó las ramas colgantes para darle forma de paraguas.

—¡Buenas tardes! ¿Te he hecho esperar mucho? —se disculpa José por la tardanza.

—¡Buenas tardes! No, para nada, en realidad, yo recién llegué. Toma asiento, por favor.

—Gracias.

—¿Deseas tomar algo?

—Para este calor, lo mejor es una cerveza, ¿no crees, Álex?

—Por supuesto, es lo que te iba a proponer.

Una vez Marisol se las sirve, José pregunta:

—Y bien, Álex, ¿para qué soy bueno? Cuéntame, soy todo oídos.

—José, tú sabes que el principal motivo por el que los jóvenes de aquí dejan de estudiar es económico, ¿verdad?

—Sí, ya lo platicamos una vez, Álex. Yo soy de pocas palabras, así que no me calientes demasiado la tortilla.

Toma aire y continúa:

—He pensado en que apoyes a los niños con una beca para que no abandonen las clases.

—¿Una beca?, ¿cómo funciona eso?

—Consiste en que financies la enseñanza a los alumnos que carecen de recursos.

—Viendo lo que me gasté en los estudios de Fernanda, es una cantidad grande por persona.

—Como es obvio, no pagas la carrera completa. Además, yo me encargaré de conseguir las becas del gobierno. Si se la conceden a alguien del ejido, tú ya no tienes que apoyarlo económicamente. Se otorgan a quienes destaquen por sus capacidades y resultados, esos no deben perder la oportunidad de formarse.

—Ah, ya entiendo, eso suena mucho mejor. —José termina su cerveza y pide otras dos—. Explícame un poco más.

—Con mucho gusto.

Álex se esmera en detallarle los requisitos y el proceso de las becas. También se fomentará la independencia económica de esos alumnos buscándoles trabajo en sus horas libres, por ejemplo. José acepta; quizás así eviten que los jóvenes abandonen el rancho, rumbo a Estados Unidos, pero, sobre todo, se asegurarán de que se labren un futuro.

—No sabes qué alegría me das, José. Si uno de estos pequeños regresa a El Fuerte hecho todo un ingeniero agrónomo, será gracias a ti.

—No te quites méritos, Álex, fue tu idea y tu poder de convicción. Ahora solo hay que planearlo bien. ¡Salud!

—¡Salud!

—¿Te vienes a casa? Es la hora de comer.

—Es una propuesta muy tentadora, me consta lo bien que cocina Amalia, pero no puedo. Ya se me está haciendo tarde.

Terminan la cerveza y se despiden con un fuerte abrazo.

***

Se ha vuelto costumbre llegar a casa y no encontrar a Martha. Álex aprovecha para organizar las clases del día siguiente, hacer alguna tarea doméstica y descansar un poco. En esta ocasión no será posible, la charla con José se alargó y Max lo espera.

Su amigo es casado y padre de un niño pequeño, lleva una vida sana y tranquila. Sabrina, su esposa, lo apoya en todo. Álex conoce muy bien a esta familia. Antes, siempre que podían, quedaban para charlar. Las contadas veces en las que participó Martha fueron un desastre, pues no le agradaba pasar el día con un policía y una ama de casa. Las reuniones se volvieron esporádicas, hasta que Max y Sabrina optaron por evitarlas para ahorrarle problemas a Álex. Pero practicar juntos su deporte favorito es ya una tradición.

—Álex, llegas tarde, como siempre. —Ríe Max.

—Para nada, hoy llego puntual.

—Pues puntualidad suiza no es —bromea el policía.

El entrenamiento es intenso, les gusta dar lo máximo, sus expresiones demuestran que disfrutan con lo que hacen. Para los amantes de los deportes de combate, es una delicia verlos: sus movimientos felinos y explosivos rayan la perfección. Álex Quintero no destaca por su altura, tampoco es un portento de fuerza, pero es rápido y preciso; Max, mucho más alto y musculoso, es igualmente ágil y veloz.

—Uf, estoy muerto. ¡Ahora sí podré dormir bien!

—Álex, hace tiempo que nos reunimos solo para entrenar, ¿qué te parece si vamos a mi restaurante preferido? Yo invito.

—La idea me encanta, Max.

—Estupendo. ¿Tienes que ir a casa? ¡Yo ya pedí permiso! —Ríe Max.

—No, no hace falta, una ducha y vamos.

Durante el trayecto, Álex recuerda una situación peligrosa que vivieron en el restaurante al que ahora se dirigen. Un grupo mafioso que quería eliminar a Max los esperaba fuera, y cuando su amigo se percató de que alguien les apuntaba, sin dudarlo un segundo, cubrió a Álex. El tiro le impactó cerca del corazón. El médico que lo atendió les explicó que Max se había salvado por cuestión de milímetros. Ellos nunca mencionaban estos episodios, pero eran la razón por la cual confiaban ciegamente el uno en el otro.

—¿Qué tal el trabajo en el rancho?

—Bien, disfrutando cada minuto.

—Me da gusto que así sea, pero te veo preocupado, ¿todo bien?

—Es solo que… Bueno, la familia de Martha celebra este sábado otro de sus eventos sociales y nos han invitado, a mí por obligación, claro.

—Sé que no te gusta ir, pero creo que hay algo más.

Álex necesita distraerse, y hablar de sus problemas conyugales no es la mejor opción, así que evita el tema:

—No, para nada. ¿Qué tal tu semana?

La mesera los interrumpe:

—¡Muy buenas noches! Mi nombre es Lucía y seré su anfitriona. ¿Listos para ordenar?

—Buenas noches, Lucía, aún no sabemos qué pedir, ¿podrías darnos dos minutos?

—Si gustan, les traigo algo para tomar mientras ven el menú.

—Buena idea; para mí, un vino tinto —responde Max.

—Que sean dos —dice Álex.

—Les recomiendo un gran reserva cabernet sauvignon, mexicano, por supuesto.

—Muy bien, pues probémoslo —dice Álex, sonriendo.

Los amigos continúan con su conversación.

—¿Qué te estaba diciendo, Álex? Ah, sí, que estuve a punto de llamarte para cancelar el entrenamiento.

—¿Y eso?

—Me asignaron un caso que requería mi presencia en Matehuala, pero se resolvió sin necesidad de ir hasta allá.

—Me alegro, ¡así podrás pagar la cena! —Ríe Álex.

—¡Claro, como siempre!

—Tú la propusiste, ¿no? —Vuelve a reír.

El ambiente distendido surte efecto y Álex se va animando. Lucía se acerca con el vino.

—Oye, ¿no extrañas GOPES? —pregunta Max, después de probarlo.

—No, Max, soy feliz y disfruto mucho de mi trabajo. —Su cara se ilumina—: Los niños son más divertidos que los adultos.

—Si algún día cambias de opinión, las puertas están abiertas. Todos te recuerdan con cariño.

—Gracias, Max, fueron tiempos estupendos y una gran experiencia, pero estoy seguro de haber encontrado el trabajo de mis sueños. Quiero jubilarme como maestro. Aunque, como bien imaginas, a Martha no le gusta.

—Es porque te quiere todo el día a su lado.

—Max, los dos sabemos que no es así, el único trabajo que ve con buenos ojos es en las empresas de Julio. Pero dejemos ese tema. Yo estoy listo para ordenar, ¿y tú?

—Tienes razón, ordenemos ya o nos cerrarán el restaurante.

Al regresar, encuentra la casa en total oscuridad. Entra a la recámara procurando no hacer ruido. Observa a su esposa, que duerme profundamente. La serenidad de su rostro y respiración indican que no finge. Coge lo que necesita y se dirige, pensativo y triste, al cuarto de huéspedes. Su mayor anhelo es que todo vuelva a ser como antes, pero es consciente de que eso, por ahora, es imposible. Se pregunta si el principio del fin se acerca. Le cuesta reconocer que su matrimonio ya no es ni la sombra de lo que fue. Hasta ha considerado aceptar el puesto que le ofrece su suegro, pero supondría faltar a sus principios y que su familia política lo controlara a su antojo. No, sin lugar a duda, esa no es la solución. Los padres de Martha siguen siendo el principal problema, y contra eso no puede hacer nada.

Los recuerdos de los tiempos mejores le han arrebatado el sueño. Se levanta para tomar un vaso de leche tibia, regresa a la cama y trata de pensar en otra cosa. Finalmente, se queda dormido, y los momentos felices del pasado se convierten en sueños. Vuelven más nítidos, más reales, lo transportan a esa época de risas y armonía.

A pesar de dormir poco, empieza el día con entusiasmo. Se detiene un instante frente a la habitación principal. Quiere despedirse de Martha, pero decide no entrar, seguro que aún duerme. Sin decir nada, sale de casa más temprano que de costumbre.

El trayecto lo recorre sin contratiempos. Tras hablar con la madre de uno de sus alumnos, saluda amablemente a una señora que se dirige al pueblo más cercano para vender las gorditas que ella misma prepara, las típicas tortillas de harina de maíz rellenas. Como no hay jardín de infancia, los más pequeños corren por las calles, detrás de una pelota.

Da un último repaso al temario mientras se toma un café. Minutos más tarde, aparece la profesora Ana María y charlan sobre lo bien que resultó el evento conmemorativo. Entre risas y halagos a los alumnos, se hace la hora de iniciar las clases.

Los niños siguen emocionados. Solo hablan de lo bien que se la pasaron ayer, incluso algunos ya piensan en dedicarse a la actuación. Por más que Álex lo intenta, le es imposible impartir la asignatura con normalidad. Resignado, permanece en su asiento, escuchando divertido la conversación de los alumnos. Repitiendo actuaciones entre risas, se pasa el tiempo.

—Profe, recuerde que mis papás lo esperan hoy para comer —le recuerda Carlos.

—Lo sé, ¿cómo voy a olvidarme de la rica comida de tu mamá? Nos vemos más tarde.

—Entonces, con permiso. Hasta luego, profe.

Carlos es un chico inteligente. Álex lo apoya y exhorta a prepararse lo mejor posible. Le regala libros y lo ilustra en historia, geografía y muchas otras materias. Sus padres, en agradecimiento, lo invitan a comer una vez a la semana. Al principio, Álex se negó, aclarándoles que lo hace por gusto, pero fue tanta la insistencia que terminó por aceptar. Así nació una bonita amistad. Disfruta de las amenas charlas con Felipe, el padre, que domina todo lo referente al campo: cuándo hay que sembrar las milpas de temporal o dejar que la tierra descanse, incluso pronostica la lluvia con precisión. Estos conocimientos los recibió de su padre, quien, a su vez, los recibió del suyo. Y se deleita con las tortillas caseras de Teresa, esposa de Felipe. Las prepara a la leña, y la salsa, en el molcajete. Son recetas sencillas pero sabrosas, una delicia sobre todo si las acompaña con ese café de olla, especialidad de Teresa. Sin embargo, lo que más aprecia es el ambiente familiar. La armonía de la pareja, su respeto y amor, son entrañables. Verlos tan felices le confirma que el dinero no es lo primordial. Carlos, un chico tan cortés, es la culminación de ese amor. Álex sonríe al imaginarse cómo sería su vida con un hijo, rápidamente sus ojos se entristecen porque tal vez nunca sea padre. Martha, aunque siempre lo ha negado, prefiere el éxito empresarial. La comida llega a su fin, Álex le entrega un libro a Carlos, agradece las atenciones y se despide de la familia Hernández.

El trayecto a casa se le hace corto. Al abrir la cochera, se da cuenta de que está hecha un desastre, así que decide arreglarlo. Entra a cambiarse de ropa para ponerse manos a la obra y el silencio lo hace pensar que está solo. Martha, un día antes de cualquier evento familiar, suele implicarse en los preparativos, junto con su madre, y regresa tarde, incluso a veces se queda a dormir allí. Álex se sobresalta al escuchar la voz de su esposa. Al girarse, se encuentra con una mirada fría, llena de enojo.

—¡Hola! Disculpa, no te vi al entrar, pensé que te habrías ido con tus padres. ¿Todo bien?

—Supongo que no has olvidado lo de mañana.

—No, por supuesto que no, pero dime: ¿de verdad tengo que ir? Es obvio que no les agrada mi presencia.

—¡No empieces, por favor! Sé que odias ir a casa de mis padres, pero con la ayuda que nos brindan, lo mínimo es que aceptemos su invitación.

Martha siempre utiliza la táctica de que se sienta en deuda con su suegro; aun así, a Álex sigue molestándole.

—¿Que nos brindan? Bien sabes que lo que hacen por ti: esta casa, tu trabajo, todo lo han hecho por ti, solo por ti; y no me parece mal, al fin y al cabo, eres su hija. Pero yo no le importo absolutamente nada a nadie de tu familia.

—Lo han hecho por nosotros, Álex. ¡No olvides que has sido tú, por orgullo, el que has rechazado las ayudas de mi padre!

—Martha, por favor, te repito que todo lo ha hecho por ti. ¡Incluso aceptó nuestro matrimonio solo por complacerte! En fin, no voy a discutir lo indiscutible. Me voy a cambiar de ropa, con permiso.

—Álex, ¿adónde vas?

—A cambiarme de ropa, ya te lo he dicho.

—¿Por qué no la colocas nuevamente en nuestra recámara y te dejas de esa tontería de…? Álex, ¡Álex!, te estoy hablando.

—Te estoy escuchando, pero quiero cambiarme.

—¡No me ignores!

—No te ignoro. Aunque me cansan estas interminables disputas…

—Si pusieras algo de tu parte, se acabarían.

—¡Si pusiera algo de mi parte! Por favor, tú sabes que… Olvídalo.

—Sí, claro, evades el problema como siempre.

—Martha, no tiene sentido discutir: ni tú ni yo cambiaremos de parecer. Además, no intentamos resolver el problema, simplemente buscamos culpables.

—Te repito que, si pusieras un poco de tu parte, lo solucionaríamos.

—Lo que tú pretendes es que acepte todo lo que tu padre proponga; pues bien, desde ya te digo que no cuentes con eso. Ahora, si me permites.

Álex hace oídos sordos a los gritos de Martha pidiéndole que regrese, y sube a su auto. Maneja sin rumbo fijo hasta que decide ir al parque Tangamanga. Una buena caminata al aire libre lo ayudará a despejar la mente y relajarse.

Está tan absorto en sus pensamientos que el sonido del celular lo sobresalta. Se sorprende al ver que se trata de su esposa.

—Hola, ¿todo bien?

—Te fuiste en mitad de una discusión ¿y te atreves a hacer esa pregunta?

—Es solo una forma de responder, anhelo que arreglemos nuestras diferencias.

—Eso no te lo crees ni tú. ¿Dónde estás? Hace horas que te marchaste.

—Lo siento, Martha. Ni me he dado cuenta del tiempo que ha pasado. Ya voy para la casa, a ver si podemos hablar con calma.

—Pues apúrate porque estoy cansada.

—Sí, claro, en unos minutos llego.

Para su sorpresa, sigue despierta cuando él entra en casa. Molesta, esquiva su beso.

—Lo siento, pensando en lo ocurrido, el tiempo voló.

—¡Ya estoy harta, no puedo más! He intentado ser comprensiva, pero es inútil. Lo lamento, Álex, pero lo mejor es separarnos… ¡Quiero el divorcio!

—¿Cómo? Martha, por favor, no seas tan extremista.

—Me llamas extremista porque me duele que te preocupes más por tu trabajo que por mí, y eso no es todo: tu desinterés por mi familia…

—Siento si mi trabajo no es de tu agrado, pero no lo voy a dejar por eso, yo lo disfruto. De tu familia, bueno, ¿qué te puedo decir? Son ellos los que no quieren nada conmigo, y si te soy sincero, me da igual.

—¿Ves como tengo razón? No te esfuerzas por acercarte a mi familia, a pesar de todo lo que han hecho por nosotros, especialmente mi padre. A ti, eso *te da igual*.

—Entiéndeme: lo que me propone tu padre no es para mí, no es mi mundo.

—Claro, prefieres trabajar en ese rancho mugroso, intentando hacer de esos indios gente de bien.

—¡Martha, por favor! ¿Cómo puedes hablar de esa forma? Te desconozco, me duele escuchar cómo te expresas. Si me acompañases, te darías cuenta de que ni el lugar ni mucho menos las personas son como tú piensas.

—No me interesa conocer a ese tipo de gente. Álex, concentrémonos en lo que te he dicho.

—¿Te refieres al divorcio? ¡Olvídalo!

—Álex, estoy decidida, ¡quieras o no! Así que búscate donde vivir. Por supuesto, puedes tomarte tu tiempo, yo, mientras tanto, me voy a casa de mis padres.

—Veo que hablas en serio. Muy bien, pero no hace falta que te vayas a ningún lado. Dame solo unos minutos, recojo lo necesario y me marcho.

—¡Ya tienes una buena excusa para no asistir al evento!

—Ah, por eso no te preocupes: mañana te recojo, así te evitas muchas explicaciones.

—¿Te burlas de mí?

—No, solo quiero hacer las cosas bien. Ya informaremos a tu familia cuando sea definitivo.

—¡Lo es, puedes estar seguro!

—De acuerdo; de todas formas, nos vemos mañana.

En ningún lugar se está mejor que en casa, pero la habitación del hotel es amplia y cómoda. Álex se tumba en la cama con la ropa de calle, pues sabe que no conciliará el sueño. Con el tiempo, se ha acostumbrado al distanciamiento, no extraña ni busca a Martha, incluso siente cierto alivio cuando regresa del trabajo y ella no está. Y, aun así, no quiere perderla. Lo mejor es que se den un tiempo y piensen bien las cosas.

Capítulo 4

En el peligroso barrio San Marcos, a orillas de la Ciudad de México, en una pequeña casa vive la familia Aranda. Una de las dos habitaciones la comparten María, la hija mayor, y su hermano Víctor. El menor de los tres, Humberto, murió en un *accidente casero*, después de un ataque de rabia de esos que padece su padre.

La madre, Elvira, no puede conciliar el sueño en la habitación contigua: Apolinar, su marido, llegará en cualquier momento. Su vida no es fácil: limpia, lava y plancha ajeno para que su familia malviva. Apolinar, sin remordimiento alguno, la despoja de casi todo lo que gana para gastarlo en las pulquerías del barrio, de donde ahora mismo lo acaban de echar.

Furioso y maldiciendo a todos y a todo, se dirige a casa. Sus gritos interrumpen la tranquilidad de la noche y asustan a los perros, que no dejan de ladrar. María, como tocada por un rayo, se levanta y corre hacia la sala para esconderse detrás del trastero, cerca de la entrada. Apolinar abre la puerta violentamente, pegando gritos, y sin mirar en rededor, va a la habitación de sus hijos, momento que aprovecha María para salir de la casa. En cuanto se complican las cosas, desaparece durante temporadas largas, para después regresar como si nada hubiera ocurrido. Víctor la ve marcharse, no imagina que esta vez es para siempre. Con el tiempo, se enterará de que María, a pesar de su corta edad, encontró en la prostitución una forma de sustento.

Víctor no ha tenido valor para irse con ella y se cubre con la vieja cobija. Tiembla, y su miedo crece al darse cuenta de que ha mojado los pantalones y el gastado colchón. Su padre está ahí, a un costado de su cama, lo escucha respirar, incluso siente como lo mira con esos ojos enrojecidos por el alcohol. De pronto, la cobija vuela y el débil cuerpo de Víctor queda al descubierto. El primer golpe, acompañado de reproches y malas palabras, lo recibe en la cabeza; es solo el inicio de un castigo cruel e inmerecido. Apolinar lo coge del cabello y lo arrastra hasta la sala. De un jalón, lo obliga a ponerse de pie, y le asesta un puñetazo en el estómago. Víctor, sin aire y a punto de perder el conocimiento, cae de rodillas solo para continuar recibiendo golpes y ofensas. Su padre lo arrastra de los cabellos hasta la calle.

—Maldito escuincle del demonio, agarra una cubeta y lárgate a lavar coches o a ver qué chingados haces, pero no te quiero aquí de huevón. Y no me vengas con tus pendejadas de que quieres ir a la escuela, eso es pa los ricos, ¡órale, cabrón, muévete! Tú y la puta de tu hermana no sirven para nada, ya me tienen harto. ¡María, María! ¿Dónde chingados está María?

Con paso tambaleante, se encamina a su habitación. Elvira, su esposa, lo espera al borde de la cama; como toda la familia, sufre la ira incontrolable de Apolinar. Le propina golpizas tan fuertes que en varias ocasiones ha estado a punto de matarla. Ella, una vez recuperada, se desquita con sus hijos.

***

Cuando Víctor cumple catorce años, pierde a su padre por una cirrosis. No hay llanto ni tristeza, al contrario, está feliz. Por fin se acabaron los insultos, los golpes, la mala vida y el trabajo obligado. Retoma los estudios y solventa los gastos realizando todo tipo de tareas. Logra graduarse como abogado. Tan pronto recibe el título, deja la casa, corta todo contacto con su madre y se marcha de la Ciudad de México para empezar de cero. Opta por San Luis Potosí, en pleno auge laboral gracias a la industria automotriz.

Por cuestiones económicas, se instala en la colonia Pedro Moreno, incluso más peligrosa que su barrio en la Ciudad de México. Esto no supone ningún problema para él, se mueve como pez en el agua. Hace amigos con facilidad y con pequeños detalles se gana la confianza de medio barrio y de los dos tipos que lo controlan. Aún son jóvenes, pero todos los admiran y respetan, le conviene tenerlos de su lado.

Está seguro de que es cuestión de tiempo que se convierta en uno de los mejores abogados de San Luis, también en uno de los más ricos. Víctor Aranda es inteligente y astuto. Su gran desempeño y sus conocimientos jurídicos son reconocidos por gente importante de la política, todo el mundo lo busca, todo el mundo quiere trabajar con él. Rápidamente, escala posiciones en el ámbito laboral y en la sociedad privilegiada potosina, que lo recibe con los brazos abiertos. El dinero deja de ser un obstáculo. Ahora vive en una de las mejores zonas residenciales de la ciudad, pero mantiene el contacto con los dos tipos que controlan la colonia Pedro Moreno. De vez en cuando los llama para los trabajos *especiales*.

Conoce a Julio Montemayor, su oportunidad para dar el salto definitivo. Empresario de la construcción y la industria, ejerce su influencia sobre legisladores y presidentes municipales, incluso algún que otro gobernador de Estado ha llegado al poder por su apoyo. Esto le otorga inmunidad, grandes privilegios y, sobre todo, jugosos contratos. Víctor Aranda hace de todo hasta convertirse en su mano derecha. Y, como siempre, cumple su objetivo.

Nunca falta a las juntas de negocios de Julio Montemayor. Esa tarde, ha conseguido un estupendo contrato con el gobierno de San Luis Potosí. En realidad, la junta es un teatro, una forma de ocultar que Julio es quien decide. Nadie se atreve a cuestionarlo, sus deseos son órdenes.

—Caballeros, agradezco de nuevo su disponibilidad para reunirnos en sábado. Mi abogado les enviará los detalles y los contratos de la forma acordada.

Uno a uno, se despiden de Julio. Cuando por fin sale el último, Víctor Aranda y él se miran satisfechos.

—Esto merece un brindis, ¿no te parece, Julio?

—Por supuesto, es uno de los mejores negocios que hemos logrado este año.

—Déjame decirte que lo has hecho extraordinariamente, ¡felicidades!

—Bueno, el trabajo ya terminó, así que hablemos de la reunión de esta noche en mi casa. Aún no sé si vendrás.

—Es verdad, con los preparativos de la junta, se me olvidó contestarte. Gracias, sabes que acepto tu invitación con gusto.

—Estupendo, ¡salud!

—¡Salud!

—¿Con quién asistirás?

—¿Debo ir acompañado?

—¡Claro que no!, es solo una pregunta.

El pequeño Víctor de aquel barrio marginal de Ciudad de México desapareció para dar paso a un hombre triunfador, pero solitario y rencoroso. No se ha casado, no le interesa formar una familia. Sus únicas ambiciones son seguir ascendiendo socialmente y ganar dinero, mucho dinero, y mientras se mantenga al lado de Julio Montemayor, lo hará a manos llenas.

—Es tarde, ¿por qué no te vienes ya a mi casa?

—Dame un poco de tiempo para que me duche y me cambie de traje, y luego te alcanzo, ¿te parece?

—Estupendo, así, mientras platicamos, no sufriré el ir y venir de mi esposa dando órdenes para que todo esté perfecto esta noche.

—Eso habla muy bien de ella. Es una mujer de buen gusto que cuida cada detalle.

—Víctor, si continúo escuchándote, me arrepentiré de haberte invitado. —Ríe Julio.

***

No han pasado ni cinco minutos y Álex ya se arrepiente de haber ido. Apartado de todos, observa como los anfitriones, con fingida alegría y exagerada amabilidad, atienden a los invitados. En respuesta, estos muestran un afán ridículo por halagarlos. «¡Qué guapa!», «¡Qué bien!», «¡Estupendo!», «¡Felicidades!». ¡Qué poca dignidad! ¿Cómo pueden rebajarse tanto? Claro, las ayudas de Julio Montemayor significan millones. Todos sin excepción le deben algo: un favor, trabajo, dinero.

El resto de la noche es un calco de muchas otras ya vividas por Álex. La pasa solo y se entretiene analizando a los presentes y las situaciones. La única conversación que no puede escuchar es la que mantienen Martha y Víctor Aranda. No es que se sorprenda, en realidad, es algo habitual, pero las miradas que de vez en cuando le dedican lo hacen pensar que hablan de él. De pronto, Julio se le acerca muy sonriente.

—¿Cómo estás, Álex?

—Muy bien, Julio, gracias.

—¿Qué tal el trabajo?

—No podía ir mejor.

—¿Lo dices de verdad?

—¡Por supuesto, Julio! ¿Por qué no iba a ser así?

—No creo que sea agradable ser maestro en la última ranchería de México.

—El Fuerte no es cómo tú imaginas. Pero no creo que te interese que te lo explique.

—Álex, si hubieras aceptado mi propuesta el día de tu boda, ahora no serías millonario, pero sí muy rico.

—No te equivoques, Julio. Mi felicidad no depende de ser millonario.

—Pues no lo parece. ¿Piensas que no estamos enterados de lo que pasa entre Martha y tú?

—Vaya, así que ya os lo ha dicho. Bueno, no te preocupes, lo resolveremos.

—La solución es sencilla, y tú lo sabes.

—Julio, por favor, no insistas.

—Podrías hacer el trabajo de Víctor.

—¿Me estás ofreciendo su puesto?

Antes de responder, Julio ríe:

—¿Ves, Álex?, ese es el problema: tu gran ambición, lo quieres todo o nada.

—¿Crees que despertaste mi interés? ¡Por favor! Fue un simple comentario de sorpresa porque sé lo importante que es Víctor para ti, pero de eso a querer trabajar contigo...

—Entonces no quieres solucionar tus problemas con Martha: o trabajas para mí o te divorcias. —Y Julio se aleja con una sonrisa de soberbia.

Capítulo 5

Mauro está desesperado, no le gusta trabajar, pero pasarse todo el día en una banca del jardín a la espera de que aparezca Lupe tampoco es de su agrado, prefiere jugar a un videojuego.

—Ese güey no va a venir, primo.

—Pues yo estoy seguro de que sí —insiste Bruno.

—*Pus* yo creo que no y que ya ni oro tiene.

—Claro que lo tiene, y será para nosotros.

—Entonces, ¿por qué no vamos a buscarlo al rancho en lugar de estar aquí sentados todo el día?

—No es bueno que nos vean con él.

—Ahí es donde me hago bolas y no te entiendo.

—Ya entenderás.

Casi dos semanas después, Lupe entra al negocio de compraventa de oro. Los primos se quedan donde están, no hay prisa. Cuando sale, lo primero que hace es recorrer con la mirada el jardín. Ellos comprenden de inmediato a quién busca. ¡Michelle!, ella es la clave para conseguir lo que quieren, pero hoy no ha venido. Tienen que encontrarla lo más pronto posible. Con una buena propina, Bruno convence a una de las chicas para que vaya a por ella; mientras tanto, Mauro sigue a Lupe, que se dirige a toda prisa a la cantina. Es obvio que espera verlos allí y pasársela muy bien, como cuando los conoció, pero, sobre todo, les preguntará por Michelle.

A esta hora del día, la cantina está casi vacía, sus mejores años fueron hace ya mucho tiempo. Sin responder al saludo del cantinero, Lupe se acomoda en el rincón más lejano y ordena una cerveza. Minutos después, los primos entran hablando en voz alta. Lupe reconoce sus voces, se levanta y grita sus nombres, ellos fingen sorpresa y se acercan a él.

—Qué milagro, cabrón, ¿cómo estás? —Le sonríe Mauro.

—Qué gusto nos da verte —añade Bruno.

—¿En serio les da gusto? Yo perdí el papel donde me apuntaron sus números de teléfono y no pude llamarlos.

—Nos acordamos mucho de ti, ¿*vedá*, Mauro?

—Sí, la pasamos de poca madre y estábamos tristes porque no venías.

—Es que vivo bien lejos… Ah, *pus* si ustedes saben dónde vivo, pero ya estoy aquí. *Ensíllense*, hay que festejar que nos juntamos otra vez.

—*Pus* sí, pero nosotros te invitamos, ¿que no?

—Ni maíz, pago yo —responde Lupe.

La comida y el alcohol corren a raudales y el sentimiento de inferioridad que caracteriza a Lupe desaparece. Las chicas del jardín los acompañan, también Michelle. Los primos la avisaron de que *su novio* estaba en la ciudad y ha venido rápidamente.

Al cabo de un rato, lleva a Lupe al mismo hotel que la primera vez y cumple a rajatabla las órdenes de Mauro: no robarle, tratarlo bien y, sobre todo, fingir que lo ama. Ella se lo toma en serio, lo complace y le enseña muchas cosas nuevas. Lupe es un inexperto en cuestión de amores y Michelle lo enloquece con su sabiduría.

Cuando regresan a la cantina, Lupe se muestra alegre, incluso bromista, la dicha lo embarga, lo transforma. Quiere impresionar a Michelle y agradecer a sus amigos lo bien que se han portado con él. Todo corre por cuenta de él. La cantidad que hasta ahora ha gastado no es cualquier cosa, y por lo que los primos observan, aún le queda bastante dinero. En esta ocasión vendió más pepitas. No les cabe duda de que guarda más, es necesario sacarle toda la información sobre el yacimiento a este infeliz ranchero.

Llega la hora del cierre y Lupe propone que continúen la parranda en otro lugar, obviamente, él la paga. Con el pretexto de que mañana trabajan, sugieren que es mejor irse a dormir. Lupe quiere pasar la noche con Michelle en el hotel, pero ella le dice que no puede faltar en casa. La próxima vez que se vean, inventará alguna excusa para sus padres y con gusto se quedará.

Mauro se ofrece a llevarlo al ejido, pero debe ser ya porque mañana madruga. Lupe acepta, pero un dejo de tristeza lo invade, pues Michelle no puede acompañarlos. Desde el auto, la observa y suspira profundamente.

El trayecto lo realizan entre cantos y risas. Lupe ha tomado bastante y, eufórico, les cuenta que tiene en su poder un mapa en el que su abuelo señaló dónde se encuentra el yacimiento. Los primos no ocultan una sonrisa de satisfacción al enterarse de que la madre de Lupe está cuidando a su hermana, pues no se encuentra bien; sin ella presente, todo será más fácil.

Lupe se tambalea hacia la cocina en busca de un abridor para las cervezas, momento que aprovecha Bruno para explicarle a Mauro lo que harán. Nadie los ha visto llegar, pero es mejor llevárselo a otra parte y aparentar un accidente. Lupe sigue bebiendo, deben actuar ya o terminará inconsciente y no podrán sonsacarle la información que desean.

Bruno le habla solo de Michelle, el tema que a Lupe le encanta. Cuando le asegura que ella está enamorada de él, Lupe hace un ridículo baile y lanza el típico grito ranchero.

—Yo también la amo y tengo mucho oro pa'serla feliz.

—No, que ya no tienes —dice Bruno.

—¿Cómo *chingaos* que no? ¿Quieres verlo?

—No… Bueno, si quieres enseñármelo…

—Eres mi amigo, ¿no?

Con dificultad, se dirige de nuevo a la cocina. Mauro va a acompañarlo, pero Bruno lo detiene, pues no hace falta: pueden observar todo desde donde están sentados. La casa es pequeña, de solo tres habitaciones. La más grande es la cocina, separada de la sala por unas tablas viejas; un foco amarillento por el humo intenta dar luz. Las otras dos recámaras no tienen puerta. El piso es de tierra; los muebles, destartalados, y en casi todos ellos hay una lata para recoger el agua de las incontables goteras que se producen cuando llueve. El baño es al aire libre, donde puedas o donde quieras.

Lupe mueve unas piedras de la base del fogón y deja al descubierto un hueco bastante grande, del que extrae una bolsa negra de plástico grueso. Vuelve con paso inseguro, apenas se mantiene de pie, pero no quiere sentarse. Desata el cordón de la bolsa, dentro hay otra de franela roja, también atada con un cordón. Lupe, como si fuera un mago, acompaña sus gestos con golpes sobre la mesa para darle un poco de suspenso a su actuación. Mauro se desespera, pero Bruno le pide que se controle, si no, no lograrán su objetivo. Al fin, unas quince pepitas de buen tamaño caen sobre la mesa. Por un momento, no saben qué decir, estupefactos, pero el *show* aún no termina, queda algo en la bolsa. Sin dejar de gesticular, saca un papel amarillento, lo desdobla despacio y lo gira para que sus amigos vean de qué se trata. Ambos miran a Lupe sin entender.

—¡Es el mapa! —les grita.

Los primos brincan. Solo desean apoderarse ya de todo, matarlo ahí mismo y desaparecer, pero se contienen. Lo felicitan y, por supuesto, le proponen uno, dos, tres brindis. Ellos solo fingen beber. Cuando el alcohol doblega a Lupe, guardan las pepitas y el mapa en la bolsa, suben al ranchero en el coche y abandonan el ejido sin llamar la atención.

Avanzan por la carretera 57, hacia San Luis Potosí, después de unos dieciséis kilómetros, toman el camino rural que conduce a las rancherías de Peregrina de Arriba y Peregrina de Abajo. Media hora más tarde, llegan a Las Barrancas, una zona de acantilados. El mismo Lupe les contó de este fascinante lugar por el que suele pasar durante la peregrinación a Torrecitas; nunca imaginó que aquí hallaría la muerte.

Deben darse prisa, son casi las cinco y el amanecer está cerca. Por la borrachera, no representará problema alguno, aunque se despierte. Lo bajan del coche, le quitan el dinero que lleva encima y dejan solo una pequeña cantidad en la cartera. Seguro que no es la primera vez que un borracho cae por los acantilados, nadie sospechará. Son tan profundos que tardarán en encontrarlo, si lo hacen, porque es probable que los lobos y los zopilotes pronto acaben con él.

Mauro lo coge por los pies; Bruno, por los brazos. No les tiembla el pulso, al contrario, disfrutan el momento: se miran, sonríen y lo lanzan al precipicio. No tienen que preocuparse por borrar los rastros y huellas de su fechoría, la lluvia que empieza a caer lo hará por ellos. Han cometido el crimen perfecto, son unos tipos con suerte, parece que hayan pactado con el diablo. Ya sueñan con la vida de reyes que se darán. Suben al coche y continúan su camino hacia San Luis Potosí. Se detienen en una gasolinera para repostar y lavar el coche por dentro, después se dirigen a casa.

Bruno es el primero en despertar, Mauro lo hace de mal humor. Han dormido hasta pasado el mediodía, como si nada, lo único que les remuerde es la desvelada. Se reparten el dinero que le sustrajeron a Lupe y toman cuatro pepitas, el resto lo esconden lo mejor posible, junto con el mapa. Salen dispuestos a vender el preciado metal, pero primero van a las famosas fondas de comida casera del mercado Hidalgo, donde piden chilaquiles picantes.

—¿Sabes, primo?, ya es bien tarde pa buscar a alguien a quien venderle el oro. Yo creo que lo dejamos pa otro día —propone Bruno.

—Y nos alcanzará para comprar un coche, ¿que no?

—¡Déjate de burradas! Hay que pensar cómo venderemos todo esto.

—¡*Pus* di tú! ¿Vamos al usurero?

—No, a él no, porque se daría cuenta. Tenemos que venderlo poco a poco y en varios lados.

—Qué bueno que no se lo vendamos al usurero, porque ese güey es bien trácala.

—El problema es que encontrar a tantos compradores no es fácil.

—*Trais* el oro aquí en la mochila, ¡*no* lo van a robar, güey!

—No grites, porque entonces sí nos lo roban. Con el dinero que le bajamos al ranchero, si no abusamos, vivimos unas cuantas semanas, y mientras lo planeamos bien. Pero ahora mismo estoy cansado y no puedo pensar.

—¿Estás cansado del cuerpo o del cerebro? —Se carcajea Mauro.

—Ese fue otro de tus chistes, ¿no? En serio, no tengo ganas de hacer nada… Oye, ¿y si vamos al cine?

—Me parece requetebién, hace mucho que no vemos películas.

—Después de comer, dejamos la mochila en casa y nos vamos pa la plaza San Luis, ahí hay cines.

—No manches, ahí está bien fifí, lo pasaremos chido, ¿que no?

—Y quiero comprar unos videojuegos que acaban de salir.

—Sí, es cierto, yo también los vi el otro día.

—Pues entonces así lo hacemos. Pero que no se te olvide que tenemos que quedarnos chitones, eh, Mauro. Prométeme que no se lo contarás a nadie.

—¿No puedo contar a nadie que vamos al cine?

—No seas güey, yo hablo de lo que llevamos en la mochila.

—*Pus* si ya sé, tú eres el que está habla y habla de eso.

—¡Qué chistoso!

—¡Ya, primo, ni aguantas nada! —Ríe Mauro.

Bruno lo mira con una sonrisa de triunfo.

—¡Mauro, ya sé a quién se lo venderemos!

—¿No decías que no podías pensar?, *pus* pensaste bien rápido.

—Así nacen las mejores ideas, primo: ¡de repente!

—Huuuy, cuánta inspiración, ¿a quién?

—Al Lic, Mauro, al Lic.

—No inventes, primo, ese güey tiene dinero hasta pa'ventar pa'rriba, no va a querer.

—Ese es el punto: con ese dinero nos comprará todo el oro sin problema, y también el mapa.

—¿El mapa a poco se lo vas a vender?

—Piensa, primo: nosotros no podemos hacer nada con ese pinche mapa, pero con la información sí ganaremos mucho dinero.

—¿Cuál información? No entendí.

—Ah, pinche primo, estás bien güey. Te explico. Según Lupe, solo él sabía de la mina, así que ahora los únicos que la conocemos somos nosotros.

—Y su mamá, acuérdate que ella fue la que se lo contó a Lupe.

—Sí, pero ella en este momento estará pensando que su hijo le robó y se largó, y se sentará en esa pinche cocina *humiada* a llorar.

—¿Seguro?

—Oh, que sí, primo, ¿qué otra cosa puede hacer esa pobre vieja?

—¿Sabes qué? Tienes razón, eres un cerebrito. Salud, don Bruno. —Mauro brinda entre carcajadas.

—Salud, don Mauro. —Ríe Bruno también.

Capítulo 6

Álex, que nunca ha cruzado más de cuatro palabras con Víctor Aranda, recibe su llamada un domingo por la noche.

—Víctor, no voy a negar que me he sorprendido al ver que eras tú. ¿Pasa algo?

—Álex, por favor, bien sabes de qué se trata.

—Déjate de juegos y sé más directo.

—Tu divorcio, Álex, tu divorcio.

De pronto, le viene la imagen de Martha conversando con él durante la fiesta de Julio.

—¿Te vas a ocupar tú? No es tu especialidad.

—Te recuerdo que mi bufete es uno de los más grandes y resolvemos todo tipo de problemas legales, será alguien de mi confianza quien lleve el caso.

Álex prefiere no comentar los rumores sobre sus actividades *especiales*.

—Y me lo comunicas tú para gozar del momento, ¿no? Lo que no entiendo es por qué no lo has hecho en persona, que se disfruta más.

—¿Cómo puedes pensar eso de mí? En fin. Yo solo llamo para preguntarte a dónde te envío los documentos. Según tengo entendido, dejaste el domicilio familiar, así que dime.

—¡Olvídalo! Déjaselos a tu secretaria, yo mañana paso a recogerlos.

—Álex, ¿a qué se debe esa actitud? No somos los mejores amigos, pero tampoco es para tanto. Sabes que tarde o temprano deberemos sentarnos para dialogar sobre tu situación.

—¿Sentarme a dialogar contigo? Hace un momento dijiste que alguien de tu confianza se encargará del caso.

—Sí, efectivamente, pero conozco a Martha desde que era una niña y la quiero como… a una sobrina, me preocupo por ella.

Álex no puede evitar reírse.

—Víctor, no quiero ser descortés, pero me da igual que Martha te haya buscado. Tú no eres abogado civil, por lo tanto, esta es la última vez que hablamos sobre mi divorcio. Espero que el próximo que me contacte sea el abogado encargado del caso. Mañana recojo los documentos.

—Como quieras. Hasta luego.

Álex decide tomarse el día siguiente libre, pues las vacaciones están cerca y tiene que cancelar personalmente el viaje que iba a regalar a Martha. De camino a la agencia de viajes, pasará por la oficina de Víctor.

***

La codicia hace madrugar a los primos, falta poco para el negocio de su vida.

—¿Qué te pasó?, ¿te caíste de la cama? —pregunta Bruno.

—¿Ya le marcaste al Lic?

—Tranquilo, primo, todavía es temprano. Mejor date un baño y nos vamos a desayunar. Cuando abra el bufete, lo llamamos.

A las nueve en punto, Bruno marca el numero de la oficina del Lic.

—Buenos días, señorita, ¿me podría comunicar con el licenciado? (…) ¿Cómo? (…) Ah, pues… (…) Ah, sí, a él. (…) ¿A qué hora se desocupa? (…) Muy bien, entonces, espero. (…) Bruno, Bruno Méndez. Gracias. —Bruno guarda silencio durante un minuto—. Bueno, mi Lic, gracias por… (…) Perdón, es que… (…) Sí, mi Lic. (…) No volverá a pasar, se lo aseguro. (…) ¡Tengo un buen negocio que ofrecerle! (…) Sí, mi Lic, un negocio, estoy seguro de que no se va a arrepentir. (…) Es mejor hablarlo en persona. (…) Estamos en el centro. (…) Sí, sé donde es. (…) Dentro de quince minutos llegamos. Graci… ¡Qué cabrón! ¡Me colgó!

Su semblante es otro al terminar la llamada, se le ve feliz, quiere darle la gran noticia a Mauro, pero este no lo deja:

—Sí, mi Lic; no, mi Lic; sí, mi Lic. Se nota que lo quieres mucho. —Ríe.

—No seas pendejo. ¿Sabes qué me dijo?

—¿Sí, mi Bruno; no, mi Bruno; sí, mi Bruno?

—¡Nos está esperando, idiota!, ¡apúrate!

—¿De verdad? Entonces, sí te quiere. —Ríe de nuevo.

—No hace mucho, llorabas porque no nos quedaba dinero, y ahorita que vamos a ganar buena lana, empiezas con tus jaladas.

—Oh, primo, no te enojes, es puro relajo, ya ves que yo soy alegre.

—¿Tú, alegre? —Bruno se carcajea—. Muévete, que tenemos que llegar a la oficina del Lic.

—¿Su oficina, a poco ahí lo vamos a ver?

—Te lo acabo de decir, ya ves como no pones atención.

—Ya párale, Bruno, me regañas como si fuera un pinche escuincle.

—En lugar de discutir, deberíamos estar felices porque vamos a ganar mucho dinero, Mauro, ¡mucho dinero, ya verás! Vente, es por aquí.

Los primos conocen muy bien la ciudad y les lleva poco tiempo localizar la oficina. Tocan a la puerta, esperan unos segundos y entran como dos niños al despacho del director de la escuela después de haber hecho alguna travesura.

—¡Buenos días, señorita! Tenemos una reunión con el licenciado Aranda.

—Buenos días. Sus nombres, por favor.

—Mauro y Bruno Méndez.

—Tomen asiento, enseguida los anuncio.

Observan fascinados la amplia sala de espera, decorada con un estilo moderno pero discreto. Alguien les ofrece algo para beber; de las opciones que les brinda, escogen el café. Al cabo de cuarenta minutos, la secretaria les indica amablemente el lujoso despacho de Víctor Aranda. Aún más nerviosos que cuando llegaron, pasan. El licenciado los recibe con cara de pocos amigos.

—¡Buenos días, mi Lic!

Víctor Aranda lo mira con un gesto de reproche, Bruno se corrige de inmediato:

—Perdón, quise decir buenos días, licenciado.

—Buenos días —saluda Mauro.

—Buenos días, espero que sea algo realmente importante.

—Ya verá que sí, licenciado —responde Bruno.

—Bien, pues empieza, porque no tengo mucho tiempo.

Bruno abre la mochila, saca una bolsa de franela roja y deja caer su contenido sobre el escritorio de Víctor Aranda: las pepitas y un papel amarillento doblado varias veces.

—¿Qué haces?, ¿sabes cuánto cuesta esta mesa?

—Perdone usted, licenciado, pero mire, mire lo que le trajimos.

—¿Qué diablos es eso?

—¡Oro, licenciado, oro!

—Ya veo que es oro, pero sigo sin entender de qué hablan.

Bruno le explica que se lo compraron a un ranchero, una historia que, obviamente, el licenciado no cree. No es un experto en metales, pero no le cabe duda de que se trata de oro de gran calidad, así que le da igual cómo lo hayan conseguido.

—Entonces, licenciado, ¿nos lo compra?

—¿Por que no se lo ofrecieron a ese amigo suyo que se dedica precisamente a eso?

—Bueno, amigo amigo no es, y nos pagaría menos de lo que vale —dice Bruno.

—Puede ser que me interese, pero primero debo tasarlo.

—Mire, licenciado, nosotros confiamos en usted, así que se lo dejamos para que haga eso que dijo, nomás nos da un adelanto pa los gastos, y listo.

—Bruno, es una cantidad considerable y no sé de dónde proviene, la verdad es que no quiero problemas.

—Y no los va a tener, licenciado, de veras.

—Está bien, les doy ese adelanto y los mando llamar para pagarles el resto cuando reciba el resultado de la tasación.

—Muchas gracias, licenciado. Déjeme decirle una cosa. —Bruno toma aire y continúa—: eso del oro está muy bien, pero el verdadero negocio es el mapa.

—¿Mapa?, ¿de qué hablas?

—Eso es un mapa —señala la hoja doblada— que también nos vendió el ranchero, ahí dice dónde está el yacimiento.

Víctor Aranda lo toma con asco y lo extiende sobre el escritorio. En silencio, observa alternativamente el mapa y a los primos.

—¿Esto es un mapa?

—Sí, licenciado —responde Bruno.

—A ver, siéntense, porque cada vez entiendo menos —ordena con tono de superioridad.

Empieza un interrogatorio que a ellos les parece eterno. No les queda más remedio que contarle todo, bueno, casi todo: la primera vez que vieron a Lupe, la chica del jardín, la parranda en la cantina y su visita nocturna al rancho La Esperanza.

—Muy interesante, ¿quién es el dueño?

—Nomás sabemos que se llama José… Navarro —responde Bruno.

—Es muy posible que sea una historia inventada por ese ranchero amigo suyo.

—Le digo que nosotros vimos el rancho, licenciado.

—Te creo, Bruno, pero eso no significa que ahí exista un yacimiento.

—Entonces, ¿no quiere el mapa?

—Hay algo que no comprendo: si están tan seguros de que ahí hay oro, ¿por qué se quieren deshacer del mapa?

—Licenciado, nosotros no tenemos ganas de hacernos mineros.

—¿Y solo su amigo y ustedes conocen la existencia del yacimiento?

—Sí, licenciado, de veras nadie más lo sabe.

—Escuchen lo que les voy a proponer: una vez lo compruebe y les compre el mapa, necesitaré sus servicios con más frecuencia. —Los primos se miran, confundidos—. Por supuesto, con un sueldo estupendo.

Los primos, vacilantes, guardan silencio. Mauro no aparta los ojos de Bruno, cuya vista salta del mapa al licenciado.

—Bruno, tengo una cita importante, así que, si necesitan tiempo para pensarlo, no hay problema, vuelvan otro día.

La actitud arrogante del licenciado hace dudar a Mauro, sin embargo, su ambición es más fuerte, y asiente. Bruno toma aire y responde:

—Está bien, licenciado, hacemos trato.

—Esa es la decisión correcta, todos saldremos ganando.

A Mauro no le ha convencido el negocio que han hecho. Ofuscado, sale de la oficina sin fijarse y tropieza con un hombre bien vestido que entra.

—¿Necesitas lentes o qué? —lo encara Mauro de mal humor.

—Disculpe, venía un poco distraído —responde tranquilamente el hombre.

—Pues ponte las pilas, pinche ciego.

—¿Qué pasa? —interviene Bruno.

—*Pus* este güey, que está peor que un topo, ¿que no?

—Cállate, primo. —Dirige la mirada al desconocido—: Discúlpenos, fue...

—Pinche Bruno, ¿por qué te disculpas? Que lo haga él.

—Ya, Mauro, cállate y camina. —Bruno no comprende por qué su primo, de un tiempo para acá, pierde el control con tanta facilidad. Su mirada se transforma de tal manera que hasta él siente miedo.

Se alejan sin mencionar palabra. De pronto, Mauro lo culpa de prácticamente regalarle una mina al licenciado. Bruno no se amedrenta y empiezan una airada discusión. Consigue que Mauro comprenda que ellos no poseen ni el conocimiento ni la capacidad económica para explotarla, incluso se consuelan pensando que, quizás, ni siquiera exista.

***

Álex, pasmado por lo que acaba de suceder, entra a la oficina de Víctor Aranda. Es la primera vez que visita ese lugar y espera que también sea la última.

—Buenos días, señorita.

—Buenos días, ¿en qué puedo ayudarle?

—Mi nombre es Álex Quintero, vengo por unos documentos que el abogado Aranda ha dispuesto para mí.

—Permítame, ahora mismo lo anuncio.

—No es necesario, tengo entendido que usted me los entregará.

—Sí, efectivamente, pero el abogado me pidió que lo avisara cuando usted llegase.

—Lo siento, de verdad, pero llevo prisa. Si aún no los tiene, regreso más tarde.

La secretaria duda, pero al final dice:

—Aquí están, espero y no me regañen por no anunciarlo.

—En todo caso, es culpa mía, así que no se preocupe. Buenos días.

***

Sin prisa pero sin pausa, el licenciado investiga para confirmar la existencia del yacimiento. Primero busca información en el Servicio Geológico Mexicano, no encuentra ningún registro reciente de minas, tampoco en los últimos años. A través de sus contactos en las oficinas del catastro, consigue un mapa del rancho. Pronto descubre las similitudes con el que dibujó el abuelo.

La tecnología de hoy en día le facilitará la tarea, y para eso acude a Bruno. Le explica que aún no tiene respuesta, pero que le dará una buena recompensa si le encuentra unos chicos expertos en dirigir drones. En cuanto el licenciado les indica el punto en el mapa, localizan un acantilado de difícil acceso al sur del rancho. Esa parte está poco frecuentada y nadie se percata de la presencia de los drones. Fotografían y graban el terreno. En las imágenes aprecian excavaciones en la pared, parece que el abuelo del campesino extrajo el oro de ese lugar. Sin embargo, al licenciado le extraña que, después de tantos años, nadie más lo haya descubierto. Llama de nuevo a Francisco Hernández, su incondicional en las oficinas del catastro. Su participación es necesaria para entrar al rancho y obtener pruebas de la existencia del yacimiento.

***

—Buenos días, señores, ¿qué se les ofrece?

—Buenos días, ¿el señor José Navarro?

—Así es, ¿en qué puedo servirles?

—Venimos de las oficinas de catastro. Sabe lo que son, ¿no? Disculpe la pregunta, seguro que sí. Pues bien, nos urge hacer una verificación. Si no le importa y nos ayuda, nos nos tomará mucho tiempo.

—¿Qué tienen que verificar exactamente?

—Según nuestros datos, hay un error en los límites entre la parte sur de su rancho y los terrenos colindantes.

—¿Podrían identificarse, por favor?

—Por supuesto, don José. Incluso llame a las oficinas si usted gusta.

José observa la acreditación de su interlocutor, parece estar en orden. Con la cantidad de trabajo que tienen, lo mejor es terminar con esto lo más rápido posible.

—Disculpen, pero hoy en día uno ha de asegurarse de que habla con la persona correcta.

—No se preocupe, lo entendemos. Para que esté más tranquilo, un hombre de su confianza puede acompañarnos durante el proceso.

—No, no hace falta, pero pediré que los guíen hasta allí. Juan, ven, por favor.

—Dígame, don José.

—Lleva a los señores a la parte sur y estate pendiente por si necesitan algo.

Ya en los acantilados, Juan les entrega un radiotransmisor para que lo avisen cuando terminen o requieran su ayuda, y se marcha para seguir con sus actividades.

El grupo inicia la inspección. Sacan de las camionetas el material topográfico, todo pertenece a la constructora de Julio Montemayor; falsificar el logotipo, los uniformes y las credenciales del catrasto ha sido sencillo. El acantilado, a pesar de no ser profundo, es peligroso para cualquier inexperto. Dos escaladores se encargan de descender hasta el punto indicado en el mapa y excavan en un orificio ya existente. Repiten la acción tres o cuatro veces. Al fin, uno grita que ha encontrado oro.

Francisco Hernández, que por supuesto ha presentado una credencial con otro nombre, le pide que se calle y que suban de inmediato. Una vez arriba, Francisco contempla embelesado la pepita que ha extraído. Después, vuelve a la realidad, hay que seguir con el plan. Ordena recoger y cambiar de lugar.

Minutos más tarde, informa a Juan de dónde se encuentran y de que en quince minutos habrán terminado. Se acomoda bajo la sombra de una palma yuca, enciende un puro y se dispone a esperar al capataz del rancho.

Bruno se mantiene en segundo plano, vigilando a los escaladores, los únicos que no son incondicionales del licenciado. Su encomienda empezará más tarde, como siempre, es la más delicada.

Juan los acompaña hasta la salida. Francisco le agradece su disponibilidad, y el grupo se marcha del rancho. Poco antes de dejar el camino rural, se detienen para desprender los logotipos falsos de las camionetas. Francisco se dirige a Bruno, sin decir palabra, le entrega la bolsa con el oro y continúa su viaje. Los dos jóvenes escaladores, felices por haber ganado una buena cantidad por un trabajo fácil, se van con Bruno.

Se reúnen con Mauro en una fonda típica, de las muchas que hay a pie de carretera. Bruno ha convencido a los escaladores de comer allí, les ha hablado muy bien de esas delicias cocinadas a las brasas, de la carne asada, de los frijoles en olla de barro, de la salsa de molcajete y de las tortillas hechas a mano. Igual que hicieron con Lupe, los animan a beber mientras ellos solo fingen.

Mauro sonríe. No hay mejor forma de despedirse de este mundo que un festín como el que le ofrecen a sus acompañantes, se siente como uno de esos emperadores aztecas que no hace mucho vio en una película: respetado por sus súbditos y con poder absoluto para decidir entre la vida y la muerte. Es una pena que no tenga una pirámide ni les pueda sacar el corazón, pero el plan que han trazado también es bueno. Las noticias de personas atropelladas en la carretera federal 57 ya no sorprenden a nadie. La policía se tomará su tiempo para identificar los cuerpos, si es que algún día lo hace. Al culpable, que, como siempre, se dio a la fuga, no lo buscarán, así que la muerte de los escaladores nunca será aclarada.

Ya entrada la noche, prosiguen su camino. Mauro se sienta en la parte trasera del auto, en medio de los dos jóvenes. Van tan borrachos que tardan solo unos minutos en quedarse dormidos. Al llegar a la ciudad, se detienen en la zona industrial. Cuando la carretera queda vacía, Bruno pisa a fondo el acelerador, y al alcanzar los ciento veinte kilómetros por hora, le da la orden a su primo. Mauro abre la puerta de su lado derecho y lanza al primero de los jóvenes; de inmediato, hace lo mismo con el otro por el lado izquierdo. Se asegura de que ha cerrado bien las portezuelas y, sin mirar atrás, sonríe. Tranquilo y satisfecho, se inclina entre los dos asientos delanteros y bromea con Bruno. Sueñan con todo lo que el dinero puede comprar y ríen. Los emperadores aztecas regresan a su palacio.

***

Víctor Aranda, eufórico, se siente tan poderoso e intocable que ha estado a punto de presentarse él mismo en el rancho para dirigir al grupo de falsos topógrafos. Le habría encantado disfrutar del momento en el que encontraron oro.

De nuevo, ha citado a los primos en su oficina, este trabajo es muy diferente a todos los que han llevado a cabo hasta ahora y lo mejor es tratarlo ahí mismo. Está tan feliz que ni los reprende por retrasarse. Le entregan la bolsa con la pepita y él, impresionado por su tamaño, la observa, la huele como si fuera una aceituna, cierra los ojos con un suspiro y sueña. Pero enseguida vuelve a ser el mismo de siempre e inicia uno de sus interminables interrogatorios. Bruno le cuenta con detalle todo lo que le relataron los escaladores y le asegura que él nunca se acercó a José Navarro y que Mauro ni siquiera se presentó en el rancho.

El licenciado está más que satisfecho de cómo salieron las cosas. Les comenta que les va a pagar una buena cantidad por el mapa, pero que pueden ganar mucho más si siguen siendo parte del plan. Los primos aceptan de inmediato. Les explica que tendrán que sufrir una pequeña transformación, que esta vez no se trata de un acto violento, sino de inteligencia. Llama a la secretaria para que avise a Flores. Segundos después, un joven muy bien vestido, espigado y atlético, toca a la puerta con suavidad y entra al despacho.

—¡Buenas tardes, señores! A sus órdenes, abogado.

—Él es Antonio Flores, pasante de leyes.

Les tiende la mano. Ellos, sorprendidos por el amable trato, tardan en reaccionar. Con visible nerviosismo, primero Bruno y después Mauro, corresponden al saludo.

El licenciado le indica que los acompañe a comprar ropa y zapatos y a la peluquería. Los primos escuchan, incrédulos, pero como parece gratis, bienvenido sea.

Por la tarde, regresan a la oficina. El licenciado no oculta su asombro:

—¡Qué cambio! Ahora solo deben comportarse de la mejor manera posible. Supongo que no es necesario repetirles lo que les dije esta mañana, ¿o sí?

—No, mi Lic, todo está aquí. —Bruno se toca la cabeza.

—Eso espero, tengan en cuenta que ahora somos prácticamente socios —los primos se miran, confundidos—, si algo falla, saldremos los tres perjudicados.

—Licenciado, no hay de qué preocuparse, de verdad.

—Muy bien, no olvides que tú —señala a Bruno— serás el encargado de negociar, es decir, solo tú puedes hablar.

—Sí, Lic, eso también lo entendimos.

—Mira, Bruno, sé que son lo bastante listos para hacer bien este trabajo y para comprender que deben llamarme abogado o licenciado cuando haya personas presentes. Incluso cuando estemos a solas, así se acostumbran.

—Sí, licenciado.

—Mauro, ¿lo has entendido?

—*Pus* sí, pero *usté* no quiere que yo hable.

—Sí, tienes razón, es mejor que te mantengas callado. En fin, ya saben, es un trabajo delicado e importante, debe salir perfecto.

—Abogado, ¿cuándo le hemos fallado? De veras, puede confiar en nosotros —responde Bruno.

—Muy bien, una cosa más: pongo un auto a su disposición, Antonio se lo mostrará.

—¿En serio, licenciado?, ¿nos va a dar un coche?

—Solo mientras trabajen conmigo. Regresen mañana temprano, para entonces ya estará todo listo.

—Sí, abogado, como usted diga.

—Ahora, váyanse.

***

Contentos por lo bien que está saliendo todo, los primos deciden festejar en la cantina.

—¿Y este milagro? Pensé que se habían *petatiado* —los saluda el cantinero.

—Brincos dieras, güey, ¿que no? —dice Mauro.

Toman asiento en su lugar preferido, el cantinero se acerca.

—¿Lo de siempre?

—Hasta la pregunta ofende, mi estimado —responde Bruno.

—Que el cantinero sepa lo que tomas, es de ser bien importante, ¿que no?

—Clarines, primo, y eso que no nos ha visto con traje. —Ríe Bruno.

—¡Ni digas nada del pinche traje, que siento que me *hogo*! Pero podríamos haber venido con esa ropa pa apantallar a este güey. —Se carcajea Mauro.

—¡Qué parlanchín estás, primo!

—Si en la chamba ni abro el pico, *pus* aquí me desboco, ¿que no? Oye, a ver si nos roban las cosas del coche.

—Parlanchín y paranoico, ¿quién nos va a robar si tú estás aquí?

—Por eso, porque nosotros estamos… ¡Pinche primo! Me cotorreaste, qué gacho eres. —Ambos ríen.

El periodo más largo sin beber alcohol llega a su fin. Los primos no saben si lo suyo es ganas de fiesta o una forma de ahogar su frustración por no poder ser los dueños de la mina, aunque ellos nunca han necesitado excusas para embriagarse. Pronto se olvidan de todo y presumen ante quien quiera escucharlos que ahora son dos hombres de éxito.

***

Bruno despierta sobresaltado. Maldita sea, se ha dormido. El dolor de cabeza y la sed son insoportables, se siente realmente mal, pero deben llevar a cabo el encargo del licenciado o se acabó el negocio.

—¡Mauro, despierta! ¡Mauro, despiértate, güey, que ya es bien tarde!

—Ah, ¿qué quieres?

—Que te levantes de volada, o perdemos el trabajo.

—*Pus* que nos corran, pinche trabajo de mierda.

—¡Que te levantes pero ya!

—Ah, chingado, voy.

A pesar de conducir a gran velocidad y sin precaución, llegan sin contratiempos a la oficina. Suben corriendo las escaleras y aparecen en la recepción respirando por boca y nariz. La secretaria no puede hacer otra cosa que verlos pasar en dirección a la oficina de su jefe. Bruno toca a la puerta y espera a que Víctor Aranda les dé permiso para entrar.

—Buenos días, licenciado —saludan casi sin aliento.

—¿Qué significa esto? ¡Apenas hemos empezado y ya quedaron mal!

—Lo siento, licenciado, nos retrasamos porque… porque…

—¡Respira!, no quiero que se mueran aquí en mi oficina.

Bruno toma aire y repite la frase:

—Lo siento, ayer nos desvelamos un poco y esta mañana…

—Lo que hicieron ayer no es asunto mío, les dije que vinieran temprano y miren la hora que es.

—Disculpe, jefe, no volverá a suceder —responde Bruno.

El licenciado los observa detenidamente. A los primos, esos segundos les parecen eternos.

—Bebieron, ¿verdad? —Víctor Aranda lanza la pregunta que tanto temían. No espera a que respondan—. ¡No lo puedo creer! Se lo repito solo una vez: ¡no les voy a permitir otra estupidez como esta!

—Lo siento de verdad, licenciado, créame que no lo haremos más.

—Eso espero, ¡ahora, a trabajar!

Los primos recogen los documentos y abandonan la oficina.

—Pinche Víctor, *hora* se cree el muy muy, ya se le olvidó que viene del mismo barrio —dice Mauro.

—Mejor cállate: si te oye el Lic, se acaba todo.

—*Pus* que se acabe. Si me vuelve a regañar como si fuera un pinche escuincle, me *caí* que lo madreo.

—Tranquilo, primo. En realidad, se porta bien con nosotros: nos dio un coche y nos paga.

—Sí, pero cuando se le antoje, nos lo quita, ¿que no? Pinche presumido.

—No pienses en eso. Vamos a demostrarle que nosotros podemos con cualquier encargo.

—¿De veras quieres ir a ese pinche agujero?

—¿Cuál agujero?

—El rancho ese que quiere comprar el licenciado.

—Mauro, no se trata de lo que yo quiera, es un trabajo que tenemos que hacer y punto.

—*Pus* sí, pero está relejos.

—Ya, primo, deja de lloriquear. Vas manejando un coche nuevo, ¿qué más quieres?

—Es que nomás de ver cuánto queda, me da hueva.

—Oh, pues recuerda cuánta lana ganarás y se te pasa.

Mauro poco a poco se relaja y suelta una fuerte carcajada al escuchar cómo su primo practica lo que le dirá al dueño del rancho. Bruno le pide que se ponga serio y lo ayude. Le recuerda que el licenciado no les pagará si cometen algún error. Como por arte de magia, Mauro deja de reír. Lo aterra la idea de perder el dinero que aún no tiene pero ya siente suyo.

Capítulo 7

Un auto negro entra al rancho. De él bajan dos tipos aparentando educación y elegancia.

—¿El señor José Navarro? —pregunta uno de ellos.

—Sí, ¿qué desean? —responde José con su habitual cortesía.

—¡Muy buenos días, don José! Mi nombre es Armando y él es Rafael. Somos de una empresa de bienes raíces y… Mire, no le queremos quitar tiempo, así que iré al grano: estamos interesados en comprar su propiedad y…

—Lo siento, pero no entiendo nada —interrumpe José—. ¿Comprar mi rancho?

—Así es, don José. Por eso venimos a tratar directamente con usted. Si me permite, aquí tengo…

—Perdone que le corte, joven, siento mucho que hayan viajado en vano, mi rancho no está en venta.

—Don José, por favor, lea la oferta que hemos preparado y las fechas disponibles para sentarnos a dialogar con calma —insiste Armando.

—¿Dialogar con calma? Pues sus formas demuestran de todo, menos calma. Lo siento, joven, pero mi rancho no está en venta.

—Don José, le animamos a pensarlo mejor. Nosotros volveremos dentro de… ¿Le parece bien una semana?

—No hace falta que piense nada ni que ustedes regresen. Les repito que mi rancho no está en venta. Que tengan buen día.

Los tipos suben al auto y abandonan el lugar.

José está sorprendido. ¿Cómo consiguieron esos dos extraños ubicar su rancho? Tal vez su hija ha publicado la dirección en Internet para promocionar los productos. Resta importancia a lo sucedido y sonríe al recordar la propuesta. «¿Cómo se imaginaron siquiera que les vendería mi rancho? ¡Eso nunca!».

El capataz, que discretamente ha presenciado la escena, se acerca a José.

—¿Ocurre algo?

—¿A qué te refieres, Juan?

—A los dos hombres que se acaban de ir.

—Siempre estás pendiente de todo. No te preocupes, solo eran unos vendedores que no querían entender que no me interesaban sus artículos.

—Muy bien, ¡si usted lo dice!

—Qué desconfiado eres. En fin, sigamos con el trabajo.

El resto de la mañana transcurre con normalidad. A la hora de comer, José regresa a casa y no tarda en contárselo a Amalia.

—¿Sabes qué me pasó hoy?

—Si no me lo cuentas, ¿cómo lo voy a saber?

—Unos supuestos empresarios vinieron a comprar el rancho.

—¿Supuestos?

—Yo creo que si fueran de una empresa importante como dicen, mandarían a un representante, ¿no?

—Bueno, yo no sé nada de eso, pero supongo que no es normal que vayan los dueños.

—A mí me ha parecido muy raro.

—Yo no veo raro que alguien se interese por el rancho. ¿Por qué no se lo comentas a Álex?

—Amalia, Álex trabajó como abogado y, ahora, como maestro, no es vendedor de casas.

—Sí, pero estoy segura de que sabe más de eso que nosotros.

—Tienes razón, pero da igual, les he dicho que no está en venta y no creo que vuelvan.

—¿Les dijiste que no? Con ese dinero, podríamos viajar por el mundo. ¿Te imaginas?

—Y a ti, ¿desde cuándo te gusta viajar? Si ni a San Luis te... Oye, ¿tú sí hubieras vendido?

—Claro que no, fue solo un decir.

—¡Pues yo sí!

—¿Eres capaz de venderlo?

—¡No!, ¿cómo crees? —Ríe José.

—Gracioso, anda, lávate las manos, que ya es hora de comer.

—Muy bien, ¿y qué hay? —pregunta, sonriente.

—Siéntate a la mesa con las manos limpias y lo verás.

A la mañana siguiente, cerca de las diez, se repite la visita.

—Muy buenos días, don José.

—Buenos días, señores, ¿otra vez ustedes por aquí? Supongo que vienen a lo mismo; pues bien, desde ya les digo que pierden el tiempo.

—Por favor, don José, déjeme entregarle la propuesta. A lo mejor cambia de opinión en cuanto la lea —dice Armando.

—Lo dudo mucho, les repito que mi rancho no está en venta, es mi última respuesta.

—Don José, nada pierde con echarle un vistazo —insiste Armando.

—Además, mi patrón siempre consigue lo que quiere —interviene Rafael.

—¿Su patrón? Así que ustedes no son lo que decían ser.

—Lo que pasa, don José, es que somos...

Con un leve gesto, Armando le indica a Rafael que guarde silencio. Se despide de José y obliga a su compañero a subir al coche.

No los pierde de vista hasta que salen de su propiedad. No encuentra razón alguna para que alguien se obsesione con su rancho. Es verdad que, gracias a tantos años de esfuerzo, sus tierras extensas y productivas y su ganado lechero se han convertido en los mejores de la región, pero intuye que no es eso lo que despierta el interés de esos tipos. Se pregunta quién será su patrón.

—¿Cómo van, Juan?, ¿ya lo tienen listo? —le dice José a su capataz. Desde que la escuela abrió sus puertas, un día a la semana obsequia frutas y leche para que los alumnos se alimenten bien.

—Casi, don José. En cuanto terminemos de prepararlo, le digo a Luis que lo entregue.

—De acuerdo, avísame, iré con él porque necesito hablar con el profesor.

—Como usted diga, don José.

***

Después de los honores a la bandera y las efemérides del mes, Álex, como ya es costumbre, escucha las anécdotas de los niños. Es su actividad preferida, les encanta contar sus aventuras. A través de la ventana, ve llegar a su amigo.

—Muy buenos días, José. ¿Qué te trae por aquí?, ¿por fin has decidido tomar clases? —bromea el profesor.

Se escucha una sonora carcajada. Los alumnos se lo imaginan sentado en un pupitre en medio del aula. José se lo toma con humor y también ríe la ocurrencia. Al recibir los canastos de fruta, Álex mira a los niños:

—¿Qué se dice?

Todos responden a coro:

—¡Gracias, don José!

El bondadoso hombre les dedica una sonrisa.

—Sabes cuánto agradezco tu generosidad, pero me extraña que vengas tú mismo.

—Bueno, es que me gustaría hablar contigo.

—¿Pasa algo?

—Eso es precisamente: no sé si pasa algo; y si pasa, no sé qué importancia tiene. Así que quiero contártelo, a ver qué piensas tú.

—José, no he entendido nada de lo que me has dicho. ¿Qué tal si me lo explicas con calma durante el recreo?

—Tampoco es urgente, puede ser cuando salgas.

—De acuerdo, ¿dónde quedamos?

—¿Te parece bien en mi casa?

—Sí, claro.

Puntual como siempre, Álex termina las clases y se despide de los alumnos. Sin el orden que lo caracteriza, recoge sus pertenencias, abandona el aula y toma rumbo a La Esperanza. El ranchero lo espera en su porche, caminando de un lado a otro. Álex detiene el auto.

—Gracias por venir, sentémonos aquí fuera, por favor. —José se dirige hacia él con pasos presurosos.

—¿Estás bien? Te veo tan preocupado como esta mañana.

—Tal vez es una tontería, Álex, pero las visitas de dos hombres me han inquietado. No sé, me dan mala espina.

—¿Visitas? ¿Cuántas han sido?

—Dos. Quieren comprar mi rancho. Bueno, eso dijeron ayer, hoy han nombrado a su patrón.

—¿Quién es?

—No dijeron el nombre, pero aseguraron que siempre consigue lo que quiere.

—José, ¡eso suena a amenaza!

—Así lo pensé yo, por eso te busqué.

—Gracias por tu confianza. Escucha, si vuelven, diles que cualquier asunto relacionado con el rancho lo tienen que tratar conmigo, que soy tu abogado, ¿te parece?

—Sí, muy buena idea, Álex, ¡agradezco tu ayuda!

—No hay nada que agradecer. Así lo haremos, todo saldrá bien.

Capítulo 8

Cuando Jacinta se fue a cuidar de su hermana, acordaron que Lupe se presentaría a comer en casa de su tía, pero solo lo hizo dos veces. Al encontrar la cocina llena de botellas de cerveza vacías y colillas regadas por el piso, supone que se ha ido de parranda, y está claro que acompañado. No lo entiende: su hijo es un solitario empedernido hasta cuando se emborracha. Pero, al ver que también ha desaparecido el oro que su suegro encontró en el rancho de don José, se preocupa.

Sale a buscarlo, le da miedo que le hayan hecho algo para quitarle el oro. Cansada de dar vueltas sin éxito, regresa a casa. Solo se ha enterado de que Lupe estuvo gastando dinero a manos llenas con gente del ejido y alardeaba de que ahora era rico, tenía una novia que cuidar y unos amigos muy finos en la ciudad. Jacinta es consciente de que Lupe no es un santo, se emborracha de vez en cuando y en más de una ocasión ha faltado a dormir. Pero hace días que nadie lo ve. Quizás esté grave en algún hospital o, peor aún, lo hayan matado. Fue un error hablarle del oro.

Al día siguiente, no para de llorar de camino al rancho, tiene que trabajar pese al dolor de no saber dónde se encuentra su hijo. Con la mirada puesta en el suelo, no se da cuenta de que Amalia la observa desde que ha llegado.

—Buenos días, Jacinta.

—Doña Amalia, buenos días, perdón, no la había visto.

—¿Por qué está tan triste?, ¿se trata de su hermana?

—No, ella ya mejoró, gracias.

—Entonces, ¿qué le pasa?

—No tengo nada, de verdad.

—Jacinta, hace años que trabaja en el rancho, sabe que puede confiar en mí.

—Solo es que no dormí bien.

—Si puedo ayudarla en algo, solo tiene que decírmelo.

Jacinta le da las gracias y continúa su camino hacia los maizales, pero le bastan unos pasos para cambiar de parecer. Se gira y llama a Amalia, que estaba por entrar a casa, y toman asiento en el porche. Rechaza el té que le ofrece y le cuenta la desaparición de su hijo y lo que se comenta por el ejido, hasta le confiesa lo que hizo su suegro. Ella cree que lo de la novia y los amigos finos son fantasías de su hijo, que hace años que no va a la ciudad, pero sí ha notado que últimamente se emborrachaba más. Amalia está sorprendida por semejante historia.

—Jacinta, debe dar parte a la policía.

—Pero me da miedo que lo metan a la cárcel por lo del oro, usted sabe.

—Por favor, olvídese de eso, lo primero es encontrar a su hijo.

—¿No está enojada conmigo porque mi suegro…?

—Le repito que eso no tiene importancia.

—No sé a dónde debo ir, ¿usted me lo podría explicar?

—Mire, vamos a hacer algo mejor: llamo a Juan y él la acompaña.

—¿Cómo? Pero él…

—Usted no se preocupe. Cuando termine, se regresan a trabajar.

—Muchísimas gracias, doña Amalia, pero no tengo dinero y, seguramente, van a querer cobrar.

—Juan la ayudará en todo. No se mueva de aquí, voy a llamarlo.

Amalia entra a casa y marca a José. Le cuenta que necesita a Juan para un recado y él le responde que enseguida lo avisa.

—José, también quiero hablar contigo. ¿Puedes venir ahora?

Minutos más tarde, se reúnen los cuatro en el porche. Jacinta, bastante apenada por el revuelo que ha causado, saluda sin levantar la vista. Amalia los pone al tanto, y Juan va a por la camioneta para llevar a Jacinta al pueblo.

Una vez solos, José inicia la conversación:

—¿Y bien? Dijiste que tenías que hablar conmigo.

—No sé qué pensar sobre lo que me dijo Jacinta.

—Amalia, de eso se encargará la po…

—No me refiero a su problema.

—Habla ya o me regreso al establo.

—Perdón. Mira, Jacinta me confesó que su suegro encontró oro aquí, en el rancho.

—¿Que te confesó qué?

—¿No me oíste? Que su sue…

—Sí, Amalia, te escuché. Pero, a ver, vamos por partes: ¿quién es el suegro de Jacinta?

—¿Te acuerdas de aquel señor al que le diste trabajo hace ya varios años?

—Amalia, aquí ha trabajado mucha gente.

—Sí, pero él fue uno de los primeros, no tenía obligación fija, solo ayudaba donde podía, iba a su aire. Acuérdate, José, sufría problemas bien serios con el alcohol, pero no faltó ni un solo día hasta que se enfermó. Ese hombre era su suegro.

—Ah, sí, ya lo recuerdo. ¿Qué fue exactamente lo que te dijo Jacinta?

—Que su suegro les dejó bastante oro, que incluso hizo un mapa para indicarles dónde lo encontró. No hace mucho, se lo contó a su hijo, y ahora ha desaparecido junto con el oro y el mapa.

—Entonces, el hijo le robó y se largó, eso fue lo que pasó. Ya volverá cuando se le acabe el dinero.

—Puede ser, pero ¿qué me dices de lo del suegro?

—Amalia, aquí no hay oro, nosotros no hemos visto nada y llevamos toda la vida trabajando estas tierras.

—Sí, ya sé que es difícil de creer, pero…

—Me regreso a trabajar, en cuanto llegue Juan, que se vaya para el establo.

—No te enojes, José.

—No estoy enojado, pero tenemos mucho trabajo y no puedo perder más tiempo.

—¿Ayudar a esa mujer te parece una pérdida de tiempo? ¡José, te desconozco!

—No, Amalia, por supuesto que no, yo me refiero a eso del oro. ¿Por qué no lo hablamos esta tarde?

—Sí, tienes razón, discúlpame, no te entretengo más.

***

José lo intenta, pero no deja de pensar en lo que Amalia le contó. En cuanto vuelve Juan, le pide opinión. El capataz también se sorprende, recuerda muy bien al abuelo de Lupe, pero nunca vio nada raro en su actitud. Hace ya muchos años de aquello, Juan era bastante joven y quizás no puso demasiada atención. Duda que encontrara oro, cualquiera hubiera dejado de trabajar, pero el abuelo de Lupe nunca faltó. Jose se interesa por cómo fueron las cosas en la comandancia. Por lo que Juan escuchó, Jacinta contó a la policía la misma historia que a Amalia, pero no mencionó el oro.

—Juan, supongamos que ese cuento es cierto, ¿dónde crees que estaría?

—Pues la mera verdad, no sé. Llevo mucho trabajando para usted y conozco el rancho como la palma de mi… —Juan gira la cabeza y aguza la vista.

—¿Qué pasa? —pregunta José.

—¡El acantilado! —responde Juan.

—¿Qué pasa con el acantilado?

—Pues que ese es el único lugar posible.

—Juan, no hace mucho vinieron los de…, ¿cómo se llama? Ah, sí, el catastro. Inspeccionaron precisamente esa parte del rancho. Si ahí hubiera oro, se habrían dado cuenta.

—Sí, supongo que sí. Ahora que lo menciona, nunca más volvieron.

—Es verdad, y si no es por esta plática, créeme que ni me acuerdo.

—Qué raro, ¿no?

—¿El qué, Juan?

—Pues que no le dijeron nada ya, ¿no deberían informarle si las lindes estaban en orden o no?

—No lo sé, quizás lo manden por correo.

—Esperemos, entonces.

—¿Sabes? No estaría de más echarle un vistazo a los acantilados. No hay prisa, pero un día de estos deberíamos hacerlo.

La llegada del coche negro interrumpe la conversación.

—Buenos días, señores. La verdad, pensé que no volverían, y menos tan pronto. Por lo visto, ustedes nunca se dan por vencidos.

—Buenos días, don José, disculpe que lo molestemos, espero y nos pueda…

—Han venido en mala hora, tengo muchas cosas que hacer. Además, ya conocen mi respuesta.

—Discúlpenos otra vez, por favor, don José, nosotros solo cumplimos con nuestro trabajo. Le digo desde ya que estamos dispuestos a pagarle mucho más de lo que su rancho cuesta, aquí tengo la pro…

—Mire, señor… Lo siento, no recuerdo su nombre.

—Armando, don José, me puede llamar Armando.

—Bueno, señor Armando, le repito por enésima vez que mi rancho no está en venta. No quiero ser grosero, pero, por favor, les pido que se vayan ahora mismo.

—Por supuesto, don José, no le quitamos más tiempo, aquí le dejo esto.

—No me deje nada, por favor. Les repito que no vendo ni venderé mi rancho.

—Esto no le va a gustar al jefe —dice Rafael en voz baja.

—Perdón, no lo escuché.

—Nada, don José —responde Armando—, nosotros ya nos vamos.

Caminan hacia la salida, y José va detrás de ellos. Una vez fuera, Rafael se dirige a él:

—Póngale precio a su rancho por las buenas o mi patrón…

—¡Ya basta! ¡Váyanse!

—Oh, entienda que se lo vamos a comprar, de eso esté seguro —insiste Rafael.

—Don José, ¿pasa algo? —interviene el capataz.

—Nada, Juan, solo me estoy despidiendo de los señores.

—No sea bruto, evítese problemas, ¡póngale precio! —advierte Rafael.

—Oiga, ¿cómo se atreve? —dice Juan.

—¡Rafael, cállate! —ordena Armando.

Rafael lo ignora, mira a José y continúa amenazante:

—Es mejor que venda para que…

—¡Váyanse, váyanse y no vuelvan!

—La estás regando y…

—¡Rafael, cállate!

—No, ya estoy harto de esta pendejada: o vende o se arrepiente.

—Lárguense de mi propiedad o los que se arrepentirán serán otros.

Con las manos, Armando pide calma a José y a Rafael.

—Don José, no se enoje, nosotros ya nos vamos.

—Que sea rápido. ¡Fuera de mi rancho!

Tres empleados se unen a Juan, todos ellos armados, y sin decir palabra alguna, se sitúan un paso por detrás de José.

Armando toma del brazo a Rafael y le habla con energía:

—¿Qué te pasa, idiota? Déjate de tonterías, el patrón no quiere problemas, nosotros ya cumplimos con el encargo, así que vámonos de aquí. —Rafael sonríe de forma grotesca—. ¡Que te dejes de tarugadas, vámonos! —Con un jalón, Armando lo obliga a seguirlo.

Mientras se suben al coche, Rafael le asegura a don José que volverán a verse.

Cuando están seguros de que los hombres han salido del rancho, los empleados se retiran discretamente. José, pensativo, mira la polvareda que el auto ha dejado.

Esto ha llegado muy lejos. Ese par son unos matones a sueldo, no empresarios como quisieron que creyera. ¿Quién es su patrón y por qué está tan interesado en comprar el rancho? No duda de que seguirán presionándolo. Todo esto parece sacado de una historia de mafiosos, como los que se han establecido en varios ranchos de México. Si es eso, tiene un grave problema. Pero, por lo que ha visto en las noticias, ese tipo de gente aparece en grupo, matan a todos y se instalan.

En cuanto acaban las clases, llama al profesor.

A Álex no le sorprende que esos maleantes hayan vuelto al rancho de su amigo.

—¿Es posible denunciarlos?

—Sí, por supuesto, pero será tu palabra contra la de ellos y, bueno, es un proceso largo y tedioso.

—No importa, estoy dispuesto a hacerlo con tal de terminar con esto.

—¿Por qué tienen tanto interés en tu rancho?

—No se lo he preguntado… Espera, me acabo de acordar de algo, aunque no sé si estará relacionado.

—¿De qué se trata?

José le cuenta la historia de Lupe, el hijo de Jacinta, y la supuesta existencia de un yacimiento de oro en el rancho.

—¡Vaya! ¿Crees que es verdad? No insinúo que la señora mienta, pero…

—No te disculpes, yo también lo dudo. En todos estos años, nunca he visto nada. Pero, según Juan, podría estar en la parte de los acantilados. No hemos hecho nada allí, apenas vamos. —José guarda silencio; con ojos entrecerrados, mira sin mirar, piensa. Álex espera pacientemente—. También pasó algo curioso no hace mucho: se presentaron en el rancho unos trabajadores del catastro para verificar las lindes de esa parte, y ellos tampoco encontraron nada.

—O no te lo mencionaron.

—¿Los crees capaces de algo así?

—No se trata de lo que yo crea, pero en la policía aprendí a analizar todo lo que veo o escucho como una posible causa del problema.

—Entiendo. Oye, ¿ese día deberían haberme dado algún documento donde notificasen lo que hicieron? ¿Y han de confirmarme si está todo bien o hay un error?

—Sí, creo que es lo correcto.

—Pues no me entregaron nada y nunca más se han comunicado conmigo.

—Espera un par de días, si no lo hacen, llámalos tú.

—Sí, eso es lo que voy a hacer.

—José, aún dispongo de tiempo; si gustas, podemos ir al rancho a hablar con la señora…, tu empleada. Perdón, no recuerdo el nombre.

—Se llama Jacinta. Ya no estará en el rancho, tenía turno de mañana.

—Pues vamos a su casa, quizás nos diga algo importante.

—Deja, voy a preguntar su dirección.

—Mientras tanto, yo voy por unos guantes de látex a la enfermería de la escuela.

—¿Unos guantes?

—Sí, quizás los necesite.

A punto de darse por vencidos después de llamar varias veces, Jacinta sale de su humilde casa, su sorpresa es mayúscula al ver quiénes la buscan.

—Buenas tardes, Jacinta. Mira, él es el maestro Álex Quintero. ¿Podemos hablar un momento contigo?

—Buenas tardes. Sí, conozco al maestro de cuando visita el rancho. ¿Qué se le ofrece, don José? ¿Viene a preguntarme por el oro que encontró mi suegro?

—Entre otras cosas. Lo que más nos interesa es lo que está pasando con su hijo. Quizás podamos ayudarla, mejor dicho, el maestro, porque también es abogado.

—Pero yo no tengo dinero para pagar un abogado.

—Por eso no se preocupe, señora —interviene Álex —, no voy a cobrarle.

—Pasen, por favor.

La charla parece más un interrogatorio, pero logran que Jacinta les cuente todo, desde lo de su suegro hasta la desaparición de su hijo.

—Disculpe mi pregunta: dice que Lupe no trabajaba, pero solía beber, incluso antes de enterarse de la existencia del oro, ¿de dónde sacaba dinero para eso?

—Me da pena decirlo: suele rogarle a las personas para que lo inviten. Aunque me han contado que últimamente invitaba él. Por eso creo que hace ya tiempo que descubrió mi escondite del oro.

—¿Qué le dijeron en la comandancia?

—Que no pueden hacer nada hasta que pasen… tres días, creo. Pero yo no sé cuándo desapareció, me enteré ayer.

—Antes solía ser la norma, ahora hay otra alternativa: el Mecanismo de Búsqueda Urgente. Se solicita en el Ministerio Público, y ellos de inmediato inician las diligencias. Le voy a dejar todo por escrito, y si puedo ayudarla en algo, lo haré con gusto.

—Muchas gracias, maestro. Ya ve que, cuando no se sabe de eso, hacen con una lo que quieren.

—No tiene nada que agradecer. ¿Puedo registrar la habitación de su hijo?

—¿Cree que escondió algo ahí? Yo ya miré y no hay nada raro.

—En realidad, no sé exactamente qué busco, pero es posible que encuentre una pista del paradero de su hijo.

—Por mí no hay problema, pase cuando guste.

—¿Cambió de lugar o tiró algo de esa habitación?

—No, nada, está como él lo dejó. A Lupe no le gusta que yo entre ahí.

Álex le indica a José que prefiere entrar solo para no contaminar el cuarto, por si va la policía. Al igual que en la sala, hay repartidas varias latas vacías. Cuatro de ellas hacen la función de patas para la vieja cama. Una sábana que en sus mejores tiempos fue blanca cubre un colchón que no parece muy uniforme; encima hay una cobija raída, varias revistas infantiles, de moda y del corazón. En el poco espacio que queda a la izquierda, está el ropero, al que le falta una puerta, mientras que la otra se sostiene con una sola bisagra. Una silla de madera de color rosa tejida en palma, maltrecha por el paso del tiempo, se apoya en el lado derecho, a un metro de la entrada.

Álex se coloca los guantes de látex y se dirige al ropero. Con sumo cuidado, abre el único cajón que conserva, donde guarda tres o cuatro prendas interiores. En el hueco sin puerta hay más basura y trastos viejos que ropa. El olor a sudor y mugre le revuelve el estómago. Hojea un par de revistas, pero no encuentra nada entre las páginas. Le llama la atención la que está debajo de la almohada. La sostiene por el lomo y la sacude. Un papel de color amarillo cae sobre la cama. Se trata de un recibo reciente de un negocio de compraventa de oro en la capital potosina. Lo fotografía y regresa todo a su lugar. Se quita los guantes y sale a la sala.

—Muchas gracias, señora Jacinta.

—¿Vio algo, profesor?

Álex duda si contarle el hallazgo.

—Señora Jacinta, en su declaración omitió el tema del oro. ¿Me podría decir por qué?

Sorprendida por la pregunta, Jacinta busca con la mirada el apoyo de José, pero él guarda silencio.

—Tenía miedo de meterme en problemas —contesta Jacinta—. Además, no puedo demostrarlo porque el mapa y el oro también han desaparecido.

—¿Sabe usted en qué parte del rancho su suegro encontró el oro?

—No, profesor, nunca me lo dijo.

—Pero usted ha mencionado un mapa.

—Sí, uno que hizo mi suegro, pero yo nunca lo entendí.

Al despedirse de Jacinta, le aseguran que no tendrá problemas legales. Álex le entrega los datos para solicitar el Mecanismo de Búsqueda Urgente y le repite que puede contar con él.

Tan pronto suben a la camioneta, Álex le cuenta a José lo que encontró en el cuarto de Lupe. Está claro que lo del oro es verdad, ahora falta descubrir en qué parte del rancho está el yacimiento.

Deciden que José pregunte ya al catastro. En cuanto llega a casa, llama al servicio de información telefónica para solicitar el numero de las oficinas de San Luis Potosí.

—Buenas tardes, señorita, no sé exactamente con quién tengo que hablar para que me aclaren una duda.

—¿De qué se trata? Si yo no lo puedo ayudar, le comunico con la persona indicada.

José le cuenta que unos trabajadores del catastro visitaron su rancho, pero que aún no le han informado si las lindes están en regla o detectaron algún error.

—Sí que es raro que no se hayan comunicado con usted. ¿Me puede dar el nombre del ingeniero que lo visitó, por favor?

—Lo siento, señorita, me enseñó su acreditación, pero no me acuerdo del nombre.

—No se preocupe, si me da los datos de su propiedad, chequeo en la base de datos las verificaciones que se han realizado allí últimamente.

José se los proporciona y, al cabo de un momento, la cantarina voz dice su nombre.

—Sí, señorita, la escucho.

—Disculpe, pero no encuentro registro alguno referente a su rancho.

—¿Está segura?

—Sí, he revisado reportes de hasta dos meses de antigüedad y no sale nada.

—Le aseguro que varios trabajadores del catastro estuvieron aquí no hace mucho.

—Y yo le creo, de verdad, pero le repito que no hay reportes sobre lo que usted me comenta, y todo, absolutamente todo lo que un trabajador hace, se guarda en la base de datos.

—Qué extraño. Bueno, no le quito más tiempo.

—Le sugiero que vuelva a llamar si recuerda el nombre del ingeniero, así será más fácil.

—Lo haré, gracias.

Capítulo 9

La ciudad ha crecido bastante y cada vez cuesta más estacionar. Después de varias vueltas, Álex por fin encuentra un espacio libre, a diez minutos del negocio de compraventa de oro. Aprovecha el paseo para relajarse y estirar las piernas.

—Buenas tardes.

—Buenas tardes, ¿en que le puedo ayudar? —saluda el dependiente, que en ese momento está solo.

—Necesito que me responda unas preguntas, si es posible, claro.

—¿Unas preguntas? ¿Es usted policía?

—No, no lo soy, no se preocupe. En realidad, estoy buscando a un conocido y lo último que sabemos de él es que vino aquí.

—Huy, aquí viene mucha gente, no le aseguro que lo recuerde. ¿Cómo es ese amigo suyo?

Álex nunca ha visto a Lupe y no sabe cómo es. Saca el celular de la bolsa del pantalón y le muestra la foto del recibo.

—Sí, me acuerdo de él. ¿El oro que me vendió se lo robó a usted o cuál es el problema?

—No, él no me ha robado nada.

Álex nota que el dependiente se está poniendo nervioso. Para tranquilizarlo, le explica que él ejerce como maestro en el pueblo de Lupe, por eso lo conoce, pero hace varios días que desapareció y su madre le ha pedido ayuda para encontrarlo.

—Lo siento, pero se nos prohíbe dar información sobre nuestros clientes.

—Necesito que me diga si el día que vino lo acompañaba alguien.

—No, siempre vino solo.

—¿Siempre?

—El ranchero…, perdón, su amigo estuvo aquí dos veces. El recibo que me ha mostrado es de la segunda.

—Desde aquí tiene una vista amplia del exterior, ¿quizás alguien lo abordó al salir?

—No, nadie. Recuerdo que giró a la izquierda.

A Álex le extraña ese dato. O tiene una memoria estupenda o le oculta algo.

—Le voy a dejar mi número. En caso de que recuerde algo que me pueda servir, me llama, ¿le parece?

—Si es lo que quiere, pero…

—¿Qué pasa? —pregunta Álex, sorprendido por el silencio del dependiente.

—¡No, nada! Solo hacía memoria, pero no me acuerdo de nada raro. Deme su número y le aviso si caigo en algún detalle.

—Se lo agradezco. Sea lo que sea, no importa si no le parece relevante, usted llámeme a cualquier hora.

***

Hoy empiezan sus vacaciones. Hay mucho que hacer, pero ahora tiene tiempo y se lo toma con calma. La comida del restaurante es sabrosa; la habitación, confortable, y el servicio del hotel, bastante bueno. Sin embargo, desde que Martha le ha pedido oficialmente el divorcio, piensa en mudarse a un departamento amueblado. Se divorcie o no, el trámite será largo y necesita un lugar donde sentirse como en casa.

Tras el desayuno, sube a la habitación, recoge su portafolio y parte al ejido. Ha quedado con José en encontrarse en la tienda de Marisol.

—Hola, Álex, ¿quieres tomar algo?

—Hola, José. Agua mineral, por favor.

—¡Dos aguas, por favor, Marisol! —Dirige la mirada al maestro—. Siento que estoy arruinando tus vacaciones.

—Ni te preocupes. No planeé ninguna salida, además, tengo dos o tres pendientes en la escuela, andaré por aquí.

—Sí, pero este asunto te está quitando demasiado tiempo y podría ocasionarte problemas con tu esposa.

—Mis problemas con ella no son tu culpa, hablemos de lo que averigüé en la capital.

—Espera, Álex, ¿tienes problemas con tu esposa?

—Sí, pero ahora lo importante es la desaparición de Lupe.

—Tienes razón, discúlpame.

—No pasa nada. Mira, estuve en el negocio donde vendió el oro. Según el dependiente, Lupe fue en las dos ocasiones solo. El trámite de la venta se llevó a cabo correctamente. La pregunta es: ¿qué pasó después?

—¿A qué te refieres?

—La segunda vez, Lupe volvió a casa acompañado, y parece que no eran del ejido.

—¿Por qué piensas eso?

—Cuando Jacinta anduvo preguntando, todos coincidieron en que Lupe no paraba de hablar sobre su novia y unos amigos de la capital, pero nadie los vio por aquí. Es posible que esos fueran los que visitaron la casa de Lupe esa noche, y el motivo resulta obvio: estaban enterados de la existencia del oro.

—A lo mejor hasta lo mataron para quitárselo, ¿no crees?

—Es una posibilidad. O quizá lo convencieron para irse con ellos a…, qué sé yo, una playa o cualquier otro sitio para disfrutar de la vida. Y la pobre madre, sufriendo por su hijo.

—Oye, es verdad: podrían estar muy felices lejos de aquí.

—Yo creo que descubrir quién es la novia y los amigos que todos mencionan es la clave para saber qué pasó con Lupe. Pero de eso se encargará la policía, porque nosotros ya no podemos hacer más.

—Jacinta debería volver a la comandancia y contar lo del oro, ¿verdad?

—Sí, José, con el recibo que encontré en la habitación de Lupe. Si el dependiente oculta algo, la policía lo presionará para que confiese.

—Pues hablaré con ella.

—Si es necesario que la acompañe para declarar yo también, avísame.

—Gracias por todo, Álex. Ahora déjame que te cuente yo.

José le resume su llamada al catastro.

—No sé qué pensar. ¿Crees que la visita de lo supuestos trabajadores del catastro tiene que ver con el yacimiento?

—No estaría de más que inspeccionaras esa parte del rancho.

—¿Y si lo hacemos ahora mismo? Solo si tienes tiempo

—¡Claro que lo tengo! No olvides que estoy de vacaciones.

—Entonces, vamos. De camino, llamo a Juan para que nos acompañe, él conoce el terreno incluso mejor que yo.

Cuando llegan, el capataz ya los espera con dos empleados más.

Hay unos cien metros desde la cerca de alambres que delimita el terreno hasta donde inician los acantilados, de aproximadamente trescientos metros de ancho. La vegetación es mínima: solo cuatro o cinco yucas y cactus han logrado abrirse paso en el duro suelo de caliche.

—Guau, José, esto es espectacular, no imaginaba que aquí existiera algo así —dice Álex, embelesado con las vistas.

—Sí, es muy bonito, pero con el tiempo resulta caro.

—¿A qué te refieres?

—Como puedes ver, es un área bastante grande e improductiva, pero iba incluida en la compra de la propiedad. Pensé en construir aquí la casa, pero finalmente no lo hice. Desde entonces está abandonada.

Un orificio a unos cinco metros le llama la atención a Álex. Desde ese punto, camina en línea recta hacia el barranco, cerca de la orilla encuentra un orificio más, esa zona está desgastada, como si hubieran hecho fricción. El grupo sigue sus movimientos sin mencionar palabra.

—¿Estos orificios los hicieron ustedes? —pregunta Álex.

—No, ya te he dicho que por aquí nunca pasamos.

—Pues no son naturales, alguien los hizo.

—¿Estás seguro? —pregunta José, desconcertado.

—Sí, para descender por el acantilado. En estos dos —los señala con el dedo— fijaron la cuerda.

—No sabía que eres todo un experto escalador.

—En realidad, nunca he practicado, pero si observas bien, se deduce.

—Juan, ¿conoces a alguien que escale?

—No, don José, pero…

—Yo lo puedo hacer —interrumpe uno de los empleados.

—¿Tú sabes escalar? —pregunta Juan.

—Sí, aunque hace mucho que no lo hago, creo que seré capaz de bajar por aquí.

—Muy bien, dime qué necesitas.

—Poca cosa, don José: una cuerda resistente, unos mosquetones…

—Vamos al almacén —apremia Juan.

Enseguida regresan con todo el material y el joven empleado inicia el descenso. Efectivamente, hay marcas que indican que alguien más ha escalado por ahí. Al cabo de cinco metros, empieza a picar las paredes, no encuentra nada. Baja un poco más y repite la operación, sin resultado. Cuando alcanza los catorce metros, descubre varias excavaciones y, medio metro más abajo, vuelve a picar. En el tercer intento, el choque suena diferente. Sigue escarbando alrededor. Después de ocho agotadores minutos, logra desprender una pepita de buen tamaño. Feliz, se reúne con el grupo y se la entrega a José. Por el color y el peso, todos coinciden en que es oro, no parece otra cosa. Saltan y gritan de alegría.

—Y ahora, ¿qué tenemos que hacer? —pregunta José, abrumado.

—Por lo pronto, no hablen con nadie de esto, puede ser peligroso. Y si me permites, tramito de inmediato el registro del yacimiento.

—¿De qué nacimiento hablas?

—¡Yacimiento, José, ya-ci-mien-to!

Todos ríen.

—Perdón, es la edad. Sí, Álex, agradezco que me ayudes con esto, nosotros no tenemos ni idea.

—Mañana enviaré esa pepita para que la examinen y después solicitaré información al Registro Público de Minería. Hasta que el yacimiento esté oficialmente reconocido y tú tengas la concesión, es importante guardar silencio.

Todos prometen hacerlo.

—¡Los invito a comer! —propone José, feliz.

—No creo que pueda…

—Álex, te recuerdo que estás de vacaciones y que me has dicho que tienes tiempo.

Con una sonrisa, Álex acepta.

En la casa les espera una agradable sorpresa: la hija de José ha venido a pasar el fin de semana al rancho.

—Álex, ¿qué haces tú por aquí?

—¡Fernanda, a mí también me da gusto verte! —Ríe.

—Perdón, reconozco que hice muy mal la pregunta. —Ríe también.

—Hola, Amalia, si la comida no alcanza, tu marido será el culpable: él nos invitó.

—No te preocupes, Álex, ahora mismo le pongo más agua a los frijoles.

—Bueno, a la mesa —dice José—: tengo algo muy importante que comunicarles.

Ni Fernanda ni Amalia se creen la noticia. Al ver la pepita, no salen de su asombro. La comida se vuelve un fiesta, que transcurre entre bromas y planes.

***

Una parvada de aves de rapiña sobrevuela Las Barrancas, que flanquean el camino rural que va a las rancherías de Peregrina. El olor a putrefacción que se percibe cuando hay fuertes vientos indica que un animal cayó allí.

No es la primera vez, aunque no sucede con frecuencia. Desde la parte norte del acantilado, unos jóvenes vislumbran algo en el fondo. Conocen el sitio como la palma de su mano y saben por dónde bajar. Por la agilidad con que descienden, se deduce que ya lo han hecho antes. Su sorpresa es mayúscula: se trata de un cadáver, bueno, lo que queda de él. Impresionados por lo que han visto, escalan el barranco en tiempo récord, cogen sus bicicletas y no se detienen hasta llegar al rancho.

Atropelladamente, le cuentan lo sucedido al padre de uno de ellos. Cuando el hombre por fin logra entender a los chicos, coge el teléfono y llama a la comandancia de Santa María del Río. Los primeros en personarse son el comandante y cuatro oficiales. Acordonan la zona para evitar que se contamine; nada entra ni sale de allí hasta que lleguen los peritos de campo. Enseguida aparecen acompañados del agente del Ministerio Público y se ponen manos a la obra.

Disfrutando su puro, clara muestra de que lleva años en esto, el agente observa como los peritos especifican el estado del cuerpo y rastrean palmo a palmo la escena, en busca de cabellos, armas, huellas, todo lo que sirva como prueba. Adjudican un número a lo poco que encuentran, lo fotografían y recolectan para que el perito de laboratorio lo estudie. No será fácil identificar el cadáver, no lleva documentos encima, solo una cartera con algo de dinero. Los animales de rapiña han dejado poco de él, faltan incluso varios huesos. El agente del Ministerio Público da la orden de trasladarlo a la morgue para precisar las causas del fallecimiento. Seguramente sea un proceso penal, todo apunta a una muerte violenta. Se acerca a hablar con el comandante:

—¿Cómo estás?

—Bien, Luis, gracias. ¿Tú qué tal?

—Como siempre, con demasiado trabajo.

—Sé de lo que hablas, pero así es esto.

—Necesito que revises los reportes de gente desaparecida: fechas, direcciones, ya sabes.

—Ya lo pedí. Dentro de unos minutos me llamarán de la comandancia. Te puedo adelantar que el occiso no es ni de Peregrina de Abajo ni de Peregrina de Arriba.

—¿Cómo puedes estar tan seguro?

—En estas poblaciones, todos se conocen, y el señor que dio aviso me comentó que en Peregrina nadie desapareció.

—Muy bien, pero indaga un poco.

—Claro, ahora mismo organizo un grupo.

—Oye, una cosa más: ¿cuántos ranchos o ejidos hay en un radio de, digamos, quince kilómetros?

—¡Uf! Me vienen a la mente Villela, Cerritos, Tierra Quemada, El Fuerte… Pero hay muchos.

—Qué dato tan motivador.

—¿Vas a recorrerlos todos?

—Pensaba pedírtelo a ti; pero, si son tantos, se necesita demasiado personal y tiempo.

—Esperemos los resultados de la base de datos de la comandancia, no tardarán en llamar. Quizás encuentren algo.

—Ojalá. Bueno, encárgate tú de esto. Yo me regreso a San Luis.

El grupo al completo se marcha del lugar. Solo han avanzado un par de kilómetros cuando se escucha el celular del comandante, responde antes de que suene el segundo tono.

—Dime que tienes buenas noticias.

—Comandante, hay un reporte de un desaparecido.

—¿Se trata de un desaparecido o de un secuestrado?

—Desaparición, comandante. Su nombre es José Guadalupe Pérez Sánchez, del ejido El Fuerte. Su madre, Jacinta Sánchez de Pérez, presentó la denuncia.

—Estupendo, llámala. Necesitamos hacer una prueba de ADN.

—Sí, comandante, ahora mismo la cito.

***

Amalia se encuentra inmersa en sus tareas domésticas cuando suena el teléfono. Por la hora, supone que es Fernanda. Toma asiento en el sofá, preparada para una alegre charla con su hija.

—¿Quién habla? (…) ¿De la comandancia? (…) ¡Ah, entiendo! (…) Sí, ella trabaja aquí. (…) Por supuesto, yo la aviso. (…) Sí, sí, un momento… A ver, dígame el número, por favor. (…) Sí, oficial, yo le marco si surge algún contratiempo.

Tan pronto cuelga, telefonea a José. Acuerdan que Juan pase a recoger a Jacinta, pues ya salió de trabajar. José llama a Álex, que acepta acompañarla para darle orientación jurídica.

Cuando entran a la comandancia, el oficial les pide que esperen un momento, el médico que los atenderá está por llegar.

—Buenas tardes, soy el doctor Landa.

—Buenas tardes, doctor Landa. —Álex le da la mano—. Ella es la señora Jacinta Sánchez, y yo soy Álex Quintero, su abogado.

—¿Podemos hablar un momento a solas, por favor? —sugiere el doctor.

Tras una breve charla en la que el doctor Landa lo pone en antecedentes, Álex se acerca a la madre de Lupe.

—Señora Jacinta…

—Lo escucho, profesor.

—La policía le comunicó que han encontrado a una persona que puede ser su hijo.

—Sí, pero no entiendo por qué no lo han traído para verlo.

—No lo han hecho porque esa persona… falleció.

—¿Qué me está diciendo, profesor? ¿Cuándo? ¿Cómo? No, no puede ser, Lupe no puede estar muerto.

—Señora Jacinta, nadie ha dicho que se trate de Lupe, es solo una posibilidad, por eso… —Álex se da cuenta de que no lo escucha. La ayuda a tranquilizarse y continúa con la explicación—: Le decía que hay que hacer un examen rutinario para identificar al fallecido.

—Pues nomás me dejen verlo, yo les digo si es mi Lupe.

—En otras circunstancias, sería lo normal, pero han pasado muchos días y… Bueno, ya no se sabe con solo mirarlo.

—Entonces, ¿qué tengo que hacer?

—El doctor le tomará una muestra de saliva.

—¿Cómo?

—Con un bastoncillo de algodón le frotará la parte interna de la mejilla. Con eso, ellos comprueban si se trata de su hijo.

—Está bien, profesor, hagamos eso que usted dice.

Álex le comunica al doctor que Jacinta está lista. Landa saca dos hisopos, unos sobres de colores, un formulario de autorización y otro de exención de responsabilidad, además de una tarjeta en la que escribe algo. Jacinta lo mira con cara de sorpresa. Con la ayuda de Álex, rellena el formulario, y él, como su representante legal, firma todos los documentos.

El doctor le da un vaso de agua tibia a Jacinta y le pide que se enjuague la boca. Después, con sumo cuidado, toma una muestra de la mucosa bucal con un hisopo. Lo guarda en uno de los sobres de colores y lo sella. Le explica que es todo. Los resultados tardarán unos días. En cuanto los reciban, los volverán a llamar.

Capítulo 10

Roberto, el dependiente del negocio de compraventa de oro, se lo ha pensado muy bien. Conoce a los primos desde la infancia, hicieron muchas tonterías juntos entonces, pero él nunca ha llegado hasta los extremos de sus amigos. Estaban allí cuando el ranchero se presentó por primera vez, así que sospecha que son los culpables de su desaparición. Sabe de lo que son capaces. Aunque él no siempre paga lo justo a los clientes y compra joyas robadas, sobre todo a los primos, ni ha extorsionado ni secuestrado, mucho menos cometido un crimen. Pero ahora tiene una estupenda oportunidad para volverse rico.

A la hora de la comida, se dirige a la cantina, donde varias veces se ha emborrachado en compañía de los primos. Seguramente, el cantinero sabrá algo.

—¿Qué milagro? Mi usurero favorito, años sin verte.

—El trabajo no deja. —Ríe Roberto—. No todos conocemos a alguien con lana que nos invite, como los pinches primos.

—¿Hablas del Bruno y el Mauro?

—Sí, de esos güeyes, pinches suertudos.

—Es verdad, aquí han venido con un güey que yo nunca había visto, es como de rancho. Y les paga todo. Arman unas parrandas increíbles con las putas del jardín.

—Pues qué bien por ellos.

—¿Qué vas a tomar?, ¿o nomás viniste de visita?

—Dame una cerveza y algo para botanear.

Después de la segunda cerveza, abandona la cantina. Como aún su hora de descanso no ha terminado, se sienta en el jardín y disfruta del sol. A los dos minutos, saca el celular. Lo mira detenidamente. No duda en seguir con el plan, pero valora los riesgos. Si no sale bien, puede costarle caro. Suspira y marca un número. No tiene que esperar mucho:

—Usurero, ¿qué mosca te picó? ¡Tú nunca me llamas!

—Es que hace un buen que no vienen por acá, y somos amigos, ¿no?

—Si tú lo dices… —se burla Bruno—. ¿Llamaste nada más que para saludarme?

—Pues claro que no. Quería preguntarles si tienen tiempo para tomar unas cervezas.

—Huy, qué correcto. —Se carcajea el primo—. Pues nomás di cuándo, ya sabes que para eso siempre hay tiempo.

—Si quieren, hoy en la noche.

—Ah, *chingao*, ¿tan urgido andas?

—Es que mañana descanso, güey.

—Míralo, inteligente desde chiquillo. Órale, nos vemos en la cantina del centro.

—No, mejor en otro lugar.

—¿Por qué? Esa nos gusta.

—Sí, pero vayamos a divertirnos de verdad.

—Ah, chinga, a ver, dime: ¿qué planea tu mente cochambrosa? —pregunta entre risas.

—Rumbo a nuestra colonia hay un restaurante bar, se llama Mi Oficina, ¿lo conoces?

—¡Restaurante bar, dice; eso es un prostíbulo! Pero el ambiente se pone rebién. No te conocía esas mañas, usurero.

—¿Quedamos a las ocho?

—Órale pues, me agrada el plan. Ahí nos vemos.

Nervioso, guarda el celular y mira en rededor. Tiene un trabajo y, aunque gana poco, con las transas que hace de vez en cuando, vive sin carencias. Se pregunta si vale la pena arriesgarse. Finalmente, decide actuar según se desarrolle el encuentro con los primos. Si se presenta una oportunidad, seguirá con su plan; de lo contrario, disfrutará de la parranda. Pensativo, regresa a la tienda.

***

Mi Oficina está en las inmediaciones de la carretera 57 a Río Verde, en el municipio de Soledad de Graciano Sánchez. El local es desagradable por sí solo. El humo de cigarrillo se acumula por falta de ventilación y las paredes de mil colores rayan lo vulgar y lo ridículo. Las mesas cuadradas, con superficie de lamina y base tubular, las decora el logotipo de la cervecera que surte la cantina. También de metal son las sillas plegables, la mayoría viejas y oxidadas. Pero si el mobiliario se lo proporcionan gratis, no pueden exigir demasiado. Lo importante es el ambiente y que con dinero se consigue de todo, da igual la edad. Las prostitutas disfrazadas de meseras, que ofrecen sus servicios al mejor postor, son uno de los principales atractivos. La música en directo, que comienza a las nueve y dura hasta altas horas de la madrugada, la tocan grupos norteños o bandas. El narcocorrido es lo que más gusta a los parroquianos. Gracias a que la policía saca buena tajada por su complicidad, Mi Oficina lleva varios años en funcionamiento.

Cuando los primos llegan, Roberto ya se ha tomado dos cervezas. Los nervios no lo dejan tranquilo desde que pensó en extorsionarlos, pero su ambición es tan grande como su miedo.

—¿Pus que *trais*, usurero? Creo que hasta estás pedo, ¿que no?

—¿Qué pasó, mi Mauro? Claro que no. —Levanta su jarra—. ¡Ya sabes: una no es ninguna, dos son la mitad de una…!

—¿Es tu cumpleaños o a qué se debe este milagro? —interviene Bruno.

—Siéntate, mi Bruno, que pa disfrutar no es necesario cumplir años.

—¿Tú vas a invitar o qué? Digo, fue tu idea, ¿no?

—No me chingues, si ustedes ganan más que yo.

—¿Nosotros? Cómo crees, si ni trabajamos. —Los primos se carcajean.

—Pero tienen sus buenos bisnes.

—¿Cuáles bisnes?, ¿nos conoces algo o qué? —Los primos se miran y ríen nuevamente.

A pesar de haber entendido la broma, finge sorpresa y un escalofrío le recorre la espalda. Guarda silencio y no sabe hacia dónde mirar.

—¿Qué tienes, güey? Te pusiste pálido —pregunta Bruno.

—Es de hambre. Vamos a comer algo antes de que empiece la música y no podamos ni hablar.

—Bueno, pero con unas cheves bien frías, ¿que no?

La comida deja mucho que desear, pero acompañada de unas cervezas es aceptable. Apenas el grupo norteño encargado de amenizar la noche toca las primeras notas, la pista de baile ya está llena. Aprueban cada nueva canción con gritos ensordecedores. El ambiente se torna impredecible y violento. Todos creen ser felices, pero es un espejismo basado en el alcohol, la droga y el sexo comprado. De esa felicidad también se contagia Roberto. Después de diez cervezas y otros tantos tequilas, los tres se convierten en los mejores amigos del mundo. Sus temores desaparecen. Cerca de las cuatro de la mañana, la música termina y, poco a poco, la gente abandona el local dando tumbos. Con voz pastosa y dificultad para completar una frase, empieza la última conversación de su vida:

—¿Qué?, ¿la seguimos o se van a rajar?

—Pinche usurero, andas bien desmadrado, ¿pues qué te pasó? —pregunta Bruno.

—Nada, mi Bruno, nomás quiero disfrutar.

—Ora sí eres de los míos, ¿que no? —Se carcajea Mauro.

—¿Antes no lo era o qué?

—*Pus* claro, pero nunca te había visto así.

—Bueno, ¿la seguimos o qué?

—Tú pagas, ¿no? —dice Bruno.

—Ah, chinga, ¿yo por qué? Si ustedes son los ricos.

—¿Nosotros, ricos? —Los primos intercambian miradas—. Te volviste loco, güey.

—No, mi Bruno, loco ni madres. Yo sé que le robaron un chingo de oro al ranchero antes de matarlo.

Como tocado por un rayo, Mauro empuña su pistola. A pesar de su impulsividad y del alcohol, comprende que no es el lugar ni el momento apropiado. Bruno finge una sonrisa y, con tono afable, responde a Roberto:

—Ora si me hiciste reír, pinche usurero. Creo que el tequila no te hace bien. ¿De dónde sacaste eso?

—La policía los anda buscando. Hasta vinieron al negocio y me preguntaron por ustedes.

—¿En serio? Pues qué raro, porque nosotros no hicimos nada, ¿verdad, Mauro?

Mauro, sin dejar de mirar a Roberto, niega con la cabeza. Por un momento, los tres guardan silencio. Roberto aprovecha para terminarse la cerveza de un trago.

—Yo no inventé nada, nomás les cuento lo que sé.

A Mauro cada vez le es más difícil contenerse. Bruno lo calma con un gesto y habla a Roberto:

—A ver, usurero, en el caso de que algo hubiera, tú no serías capaz de ir con el chisme, ¿o sí?

—¿Qué pasó, mi Bruno? Claro que no. La policía ya vino y no dije nada. Pa que veas que soy buen amigo.

—Ta bueno, supongamos que nosotros matamos al campesino. Tú, para no decir nada, ¿qué pedirías a cambio?

—¿Cómo puedes pensar eso de mí? Ora, que si ustedes quieren darme algo, pues eso ya es cosa suya. Pónganse de acuerdo mientras voy al baño.

Por supuesto, los primos se ponen de acuerdo, pero en cómo y dónde matarlo.

—Ya regresé. Entonces, ¿cuál es el plan?

—¿Sabes, usurero? Queremos agradecerte tu lealtad.

—¿De veras, Bruno?

—Claro que sí. Pero cuéntanos qué te dijo la policía y qué le dijiste tú.

—¡Hasta la pregunta ofende! Yo no conté nada.

—Es solo una pregunta… Mira, pedimos una botella del tequila que te gusta y nos vamos a otro lado, aquí ya se acabó el pedo.

—Buena idea, si ustedes invitan. —Se carcajea Roberto.

—Oh, tú por eso no te preocupes, yo pago. —Sonriendo, Bruno ordena un servicio completo para llevar y pide la cuenta.

Abrazados, abandonan Mi Oficina. Trastabillan una y otra vez, sobre todo Roberto, y llegan hasta el coche de los primos. Mientras Mauro conduce hacia el lugar acordado, Bruno lanza la primera pregunta. No hacen falta más. Confiado, Roberto habla sin parar. Les explica que en realidad solo una persona se presentó en el local y no preguntó por ellos, sino por el ranchero. Se trata de un maestro de su ejido. Con tono de superioridad, les dice que él sin ayuda de nadie se dio cuenta de que ellos están detrás de la desaparición del ranchero, pero como es buen amigo, se lo calló. Se fija en que abandonan la ciudad y, más por curiosidad que por miedo, pregunta hacia dónde se dirigen.

—A poco nunca te has puesto pedo en la presa de San José —dice Bruno.

—No, nunca.

—La que te has perdido, ya verás qué padre.

—Pues si tú lo dices… Oye, y si se acaba el chupe, ¿dónde conseguimos más?

—Tú, tranquilo —responde Mauro, que hasta ahora ha guardado silencio—. Traemos tres botellas de tequila para ponernos bien felices, ¿que no?

—Esa sí es música para mis oídos.

La presa de San José, a solo cuatro kilómetros de la ciudad, es un lugar turístico, perfecto para un día de campo en familia. La cortina de piedra mide poco más de cien metros de largo, treinta y dos de altura y siete de espesor en la parte más alta. Hasta ahí han llevado los primos a Roberto. Mauro procura que su vaso esté siempre lleno.

—¿Sabes que nuestro abuelo nos contaba una leyenda bien macabra de este sitio?

—Pinche Bruno, ¿para eso venimos aquí, pa que nos cuentes historias de terror? No seas cabrón, mejor hubiéramos invitado a unas muchachas —se queja Roberto.

—Después vamos por unas, ahora déjame que te la cuente. —Hace como si bebiera un trago de tequila y continúa—: Según mi abuelo, cuando construyeron el muro, emparedaron varios niños.

—¿Cuál muro, güey?

—¿Cuál ha de ser? Este donde estamos sentados.

—Ah, pero no es un muro, mi Bruno, se llama cortina.

—Oh, qué chingado, pero entendiste, ¿no?

—Bueno, ya, no te enojes.

—*Pus*, según él, a muchos niños los emparedaron vivos para que avisaran cuando la presa fuera a reventar…

Roberto es una persona supersticiosa y cree en todo lo que tenga que ver con el más allá. El miedo que ha despertado en él la leyenda lo obliga a beber. Finalmente, pierde el sentido.

—¿Cómo ves, primo? Este güey se pensó que nos iba a hacer pendejos.

—Se lo va a llevar la chingada por mamón.

Mauro recoge los vasos y los envases de refresco mientras Bruno limpia la botella de tequila para colocársela a Roberto entre las manos. Recorren el lugar con la mirada y confirman que se han deshecho de todas las pruebas. Con un gesto, Bruno le indica a su primo que ha llegado el momento.

Mauro se carcajea de forma diabólica y no para de insultar a Roberto de la peor manera posible. A Bruno se le eriza la piel al escucharlo. Mauro, sin dejar de reír, levanta al usurero como si de un costal se tratara. A paso lento, se dirige a la barandilla, de aproximadamente cincuenta centímetros de ancho. Apoya a Roberto en ella sin el menor cuidado y se sube.

—No es necesario arriesgar tanto, primo —dice Bruno.

Mauro lo ignora y toma en brazos al usurero.

—Nos vemos en el infierno. —Y tras una carcajada, lo lanza.

Guarda silencio. La oscuridad le impide ver la caída libre de veinte metros, pero oye el estrépito cuando impacta en un saliente de la cortina. El cráneo revienta y la sangre y la masa encefálica se esparcen en un radio bastante amplio. En los últimos doce metros, el cuerpo inerte golpea una y otra vez contra la cortina de piedra hasta que la parte baja de la espalda choca contra la pequeña construcción que protege la llave de la compuerta.

—Ya bájate, cabrón, que te vas a caer —insiste Bruno.

—Oh, primo, déjame disfrutar del aire fresco. —Se carcajea Mauro.

—Nos tenemos que largar de aquí antes de que alguien nos vea.

—Oh, qué chingado, vámonos pues.

Mauro baja de un salto, pero cae de bruces y se golpea la cabeza. Con la ayuda de Bruno, se pone de pie. No para de reír.

—Por suerte te caíste pa este lado, si no, ya estarías haciéndole compañía al pinche usurero.

—Oh, primo, esto no es nada en comparación con el putazo que se dio ese güey.

—Pinche Mauro, *me cai* que estás bien loco.

Capítulo 11

El muerto de Peregrina ya tiene nombre y apellidos: José Guadalupe Pérez Sánchez. Amalia recibe la llamada e informa a Álex para que acompañe a Jacinta. Poco antes de las dos, ya están en la comandancia.

—Comandante, buenas tardes —saluda Álex. Jacinta no es capaz de pronunciar palabra.

—Buenas tardes, señor Quintero. Tomen asiento, por favor. Bien, ya recibimos los resultados de las pruebas de ADN y de la autopsia, ese es el motivo por el que citamos a la señora.

El comandante hace una pausa, respira hondo y mira alternativamente a Álex y a Jacinta. Álex comprende que quiere hablarle aparte.

—Muy bien, comandante, lo escucho.

—Confirmamos que la persona hallada muerta en Las Barrancas de Peregrina es el hijo de la señora Sánchez.

—Vaya noticia, pobre mujer. Hace años perdió al marido y ahora, a su único hijo. ¿Y qué dice la autopsia?

—Todo indica que la causa de la muerte fue el traumatismo que sufrió en la caída. El nivel de alcohol detectado nos hace pensar que, debido a la borrachera, se despeñó por accidente.

—En otras palabras: el caso está cerrado, ¿no?

—Así es. ¡No hay delito que perseguir! Guadalupe Pérez se dirigía a Peregrina a pie y sufrió el accidente.

Álex no piensa lo mismo y se lo hace saber al comandante. Nadie se cruzó a Lupe en Peregrina o en el autobús que tres veces al día va de Santa María a Peregrina, y viceversa. El trayecto desde el entronque hasta el punto donde encontraron el cadáver, a pie, durante el día y en condiciones normales, cuesta cuatro horas, y seguramente alguien lo habría visto. En estado de ebriedad y de noche, hubiese tardado mucho más. ¿A qué hora empezó Lupe su caminata? No, Lupe no iba a pie. Alguien lo llevó hasta allí.

—Usted sabe que una persona que no está en sus cinco sentidos hace cosas incomprensibles.

—Comandante, hay algo más que usted desconoce y que, quizás, lo haga cambiar de opinión.

—¿De verdad? Muy bien, lo escucho.

—Guadalupe Pérez vendió una cantidad considerable de oro recientemente.

—¿De qué habla, señor Quintero? El occiso era humilde. La única pertenencia que se le encontró fue una cartera con poco dinero.

—Ese es el punto, comandante: cuando Guadalupe Pérez murió, debía haber llevado consigo bastante dinero por la venta del oro, pero no era así. Quizás, lo asaltaron o, mejor dicho, lo asesinaron para arrebatárselo.

—No invente historias de las que no tiene pruebas. Además, en el supuesto caso de que fuera cierto lo de la venta del oro, es posible que se gastara el dinero en borracheras.

—Comandante, lo que recibió no se gasta en una noche de parranda. Le puedo dar la dirección del negocio donde vendió el oro. Reabra el caso, empiece las investigaciones por ahí.

—Me consta que estuvo años en GOPES como representante legal, no como policía, así que no me venga a decir cómo hacer mi trabajo.

—Por supuesto que no es esa mi intención, comandante, pero presiento que Guadalupe Pérez fue asesinado.

—Ve demasiada televisión, señor Quintero, sin embargo, lo tendré en cuenta. No le prometo nada, ya cerramos el caso y, para reabrirlo, se necesitan más que suposiciones.

—Haga lo posible por investigarlo, por favor. Y por la señora Jacinta no se preocupe, yo me encargo de darle la triste noticia.

El comandante decide visitar el negocio de compraventa de oro, pero lo encuentra cerrado. No ve cartel alguno que indique el motivo o un horario de apertura. Observa en rededor y entra en una tienda de productos eléctricos para preguntar.

—Buenas tardes, ¿me podría decir a qué hora abre el negocio de aquí al lado?

—¿El de compraventa de oro? —Sin esperar respuesta, continúa—: Ese no lo vuelven abrir por un buen tiempo.

—¿Por qué dice eso?

—¡Huy!, ¿a poco no sabe? —Nuevamente, no espera respuesta—: El dependiente falleció. Salió en todos los periódicos, ¿no lo vio? Si usted parece de esos que leen mucho, yo nomás veo los deportes y la nota roja. —Ríe.

—No vivo en la ciudad. Le agradezco la información, que tenga buen día.

Nada más salir, llama al Ministerio Público de San Luis. Le informan que efectivamente Roberto López fue encontrado muerto en la presa San José. La autopsia reveló que había consumido bastante alcohol. Se baraja una caída accidental o, en el peor de los casos, un suicidio. Nada indica un homicidio, por lo que no se va a investigar. El caso se da por cerrado.

El comandante llama a Álex para contarle lo que ha averiguado, tal como acordaron. A pesar de conocerla muy bien, el maestro aún se sorprende de la negligencia de la policía.

—Comandante, entiendo que sean casos de comarcas distintas, pero Guadalupe Pérez y el dependiente se conocían.

—Señor Quintero, los occisos no se conocían, Guadalupe Pérez simplemente se presentó en el negocio donde trabajaba Roberto López para realizar una venta, ese fue todo el trato que tuvieron, lo demás es solo una coincidencia.

—¿De verdad cree que es coincidencia que los dos murieran de forma similar?

—Ya se lo dije una vez: ¡deje de inventar historias! Los puntos donde se hallaron los cadáveres están a más de una hora de distancia.

—Comandante, veo que no lo haré cambiar de parecer.

—No hay motivo para ello. Ambos casos están cerrados, y así se van a quedar.

—Muy bien, le agradezco que me haya llamado. Que tenga buen día.

Después de colgar, Álex se pasea por la habitación del hotel, pensativo. No piensa permitir que Lupe Pérez y Roberto López engrosen la extensa lista de muertes sin resolver. Le prometió a Jacinta que la apoyaría en todo, así que se ocupará personalmente de esto, es cuestión de justicia. Solo puede llamar a una persona: Max, él lo ayudará.

***

Max llega acompañado de Rubén Ramírez, policía del Departamento de Homicidios. Nada más salir de la Academia de Seguridad, ingresó en la Fiscalía del Estado. No le pidieron años de experiencia o realizar algún curso especial que lo capacitase, conocía a la persona indicada para que le dieran el puesto.

Tras una larga conversación, Rubén acepta ayudar a Álex, pero le explica que no será fácil, su posición dentro de la Fiscalía no es de peso, no toma las decisiones finales. Además, el sistema es deficiente.

—Hace años que dejé de contar muertos. Ya solo los apuntamos en una lista. En México, el noventa y cinco por ciento de los asesinatos quedan impunes. En la Fiscalía, tener mucho trabajo significa muchos asesinatos. Hay días en los que se juntan hasta cinco homicidios, la investigación requiere tiempo, así que los casos se van acumulando.

Eso es solo la punta del iceberg. Como en muchas dependencias públicas, la mayor parte del presupuesto designado a la Fiscalía termina en cuentas privadas, por lo tanto, no siempre hay dinero para comprar papel, tinta o la gasolina de la patrulla.

—Si no hay recursos para lo más indispensable, imagínate para las investigaciones. Los casos no se archivan ni se cierran, pero no realizamos ninguna diligencia. Escribimos el informe de los hechos, identificamos al muerto, y hasta ahí.

—Pero ¿tú no puedes alterar el proceso? Me refiero a darle importancia a un caso determinado.

—Haré lo que esté a mi alcance, Álex.

***

Víctor Aranda no oculta su enojo al enterarse de las negativas de José Navarro. Ha intentado ser paciente y cuidar las formas para apoderarse del rancho sin llamar la atención, pero si no lo convence por las buenas, entonces lo hará por las malas. La mina será suya cueste lo que cueste.

—Abogado, pensé que ya no se acordaba de nosotros.

—¿A qué vienen esos reclamos? A pesar de no haber hecho nada en los últimos días, han recibido puntualmente su sueldo, ¿no?

—No se enoje, abogado, solo era un decir. Ya estamos aquí: ¿pa qué somos buenos?

—Tengo para ustedes un trabajo muy importante. Si no les sale bien, será la última vez que les encomiende algo.

—Siempre hemos cumplido con lo que nos ha ordenado, ¿no?

—¿De verdad? Si mal no recuerdo, no han logrado que el maldito ranchero venda. Aun así, confío en ustedes, no me defrauden.

Víctor Aranda les explica que la hija del ranchero vive y trabaja en la ciudad. Es cuestión de averiguar sus horarios y costumbres para hacerse con ella, así él no podrá negarse a vender.

Los primos solo necesitan unos días para recabar la información. Víctor Aranda se sorprende con su eficacia. El reporte está muy mal escrito, pero es bastante completo: dirección, lugares que frecuenta, amistades… Fernanda Navarro no tiene una rutina, lo único que se puede catalogar como tal es la hora en que sale de casa.

Les entrega una lista con lo que deben comprar y, además, le da carta blanca a Bruno para que adquiera lo que él crea necesario y una buena cantidad para que reúna a hombres de su total confianza.

Los primos están asombrados, Víctor Aranda siempre ha sido espléndido con ellos, nunca escatima gastos para alcanzar sus objetivos, pero es la primera vez que les da tanto dinero y que les pide que trabajen con otros. Se les va a hacer extraño, pero no importa mientras pague bien. Tienen claro que, cuanto más pequeño sea el grupo, mayores ganancias obtendrán.

Sin perder tiempo, se dirigen a la colonia Pedro Moreno. Cuatro amigos de pésima reputación son los elegidos, se conocen de toda la vida y son capaces de cualquier cosa simplemente porque los primos se la pidan. A Bruno lo respetan por su inteligencia, a Mauro por sus puños, todos quieren trabajar para ellos.

Conseguir la casa perfecta para el plan le lleva a Bruno más tiempo de lo esperado. La pone a nombre de Armando Mora. Al cabo de dos semanas, informa a Víctor Aranda de que todo está listo.

Capítulo 12

Fernanda se levanta a las cinco de la mañana incluso los fines de semana. Después de una ducha, un café y leer las noticias, sale de casa. El orden y ritmo del trabajo es diferente cada día. Administra la distribución de los productos del rancho a los pequeños negocios de la ciudad, y gracias a sus labores de promoción y mercadotecnia, también a supermercados de renombre.

Con treinta y dos años, está soltera y sin compromiso. Su última relación terminó cuando descubrió que su novio la engañaba; desde entonces, dedica todo su tiempo al trabajo. Como su padre, es filantrópica: suele donar generosas cantidades a orfanatos y refugios. No se imagina que su vida está a punto de cambiar.

Motivada y feliz, sube a su camioneta y arranca, dispuesta a cumplir con lo que se ha propuesto para este día. Las tenues luces del antiguo alumbrado público dan un toque especial a las calles de esa zona de la capital potosina. Fernanda busca en la radio una estación de su agrado. De pronto, la invade un extraño escalofrío. ¿Un mal presagio? «Qué tontería, parezco mi abuela». Sacude la cabeza en un intento de desechar tales pensamientos. Apaga la radio para concentrarse, el día es largo y hay mucho por hacer.

Sale de la cerrada Marconi, gira a la derecha en la calle García Diego, inmediatamente después, da vuelta a la izquierda, continúa por la calle Miguel de Cervantes Saavedra y cruza la avenida Carranza. Un coche se incorpora desde la izquierda. Pasado el punto donde la bifurcación transforma la calle en bulevar, dos autos más entran en juego: el primero se coloca delante de ella; el otro, detrás, mientras el tercero se mantiene a la misma altura. Esta forma de obligar a alguien a detenerse se conoce en el mundo delictivo como encajonar. El auto de delante da un frenazo para que pare antes de que termine la zona sin cámaras de vigilancia. Fernanda reacciona y logra no chocar. Dos hombres bajan del coche de atrás, uno de ellos destroza la ventanilla de la camioneta, abre la puerta, la agarra por el cabello y tira con fuerza. Uno más se acerca y, con una increíble rapidez, corta el cinturón de seguridad. Entre los dos la sacan de la camioneta, y un tercero le tapa la boca y la nariz con un paño.

Fernanda no pierde el conocimiento, al contrario, sigue luchando para liberarse. Uno de ellos, impaciente, le golpea en el abdomen. El dolor es insoportable. Al fin, el anestésico surte efecto y la inconsciencia se apiada de ella. La suben a la parte trasera de uno de los coches, le ponen una funda en la cabeza y la tumban en el piso. Cogen su bolso de la camioneta y parten a toda prisa.

—Pinche Mauro, ¡la *matastes*, güey!

—Naaa, nomás se durmió, ¿que no?

—Pero el Lic dijo que no le hiciéramos nada, cabrón.

—*Pus* sí, pero se puso bien pinche loca.

Las calles están vacías, nadie ve nada, nadie escucha nada.

***

Hora y media más tarde, Rosario tiene que ir a trabajar, pero una camioneta obstruye su cochera. La puerta del lado del conductor está abierta, así que el dueño no debe andar lejos. Sale, pero no ve a nadie; al aproximarse, se da cuenta de la ventanilla rota. Sin perder tiempo, llama a la policía.

Con los documentos que han encontrado en la camioneta, saben a quién pertenece, y el domicilio de la dueña queda bastante cerca. Una patrulla se dirige hacia allá. Llaman varias veces a la casa de Fernanda Navarro, al no obtener respuesta, preguntan en la central. No hay reporte de delito alguno relacionado con ella, hasta ahí llega la investigación. Quizás se trate de un secuestro exprés, en el que presionan al individuo para que extraiga efectivo en cajeros o exigen a los familiares una cantidad pequeña. Supone menos riesgo para los secuestradores, ya que las autoridades tienen poco tiempo para actuar. En esto se basa la policía para suponer que Fernanda Navarro pronto volverá a su hogar. Pero ¿qué pasa si es un secuestro tradicional? Uno de esos donde las víctimas no solo son escogidas por su nivel adquisitivo, sino que las investigan previamente para recabar información personal y extorsionarlas a ellas y a su círculo cercano. Ese tipo de secuestros suelen llevarlos a cabo bandas numerosas y organizadas. Por temor a que asesinen a la víctima, los familiares no se atreven a presentar una denuncia.

***

José llega a casa puntual y con hambre. Después de comer, va a la sala para disfrutar de un delicioso café de olla mientras revisa el correo. Un paquete a su nombre y sin remitente le llama la atención.

—¿Qué es esto, Amalia?

—Ah, disculpa, se me olvidó por completo. Me lo entregó Juan, dijo que un tipo en moto lo dejó y se fue.

José duda, pero lo abre. De inmediato, reconoce lo que hay dentro: objetos personales de Fernanda. También encuentra una nota hecha con recortes de periódico: «Tu hija está bien y nada le pasará si haces exactamente lo que te ordenemos. Pronto recibirás una llamada. ¡No avises a la policía o no volverás a verla!».

Palidece, el piso se mueve bajo sus pies. Le dice a su mujer que necesita un poco de aire. Sale al porche y marca el número de celular de Fernanda. Al no obtener respuesta, llama a su casa, el resultado es el mismo. Prueba con el teléfono de la oficina del negocio familiar. Margarita, la secretaria, le comenta que Fernanda no ha aparecido en todo el día y no sabe nada de ella, le ha marcado varias veces, pero no responde. Su última esperanza es Sofía, la mejor amiga de su hija. Ella la conoce muy bien, fueron compañeras de piso en los tiempos de estudiante y se han quedado varios fines de semana en el rancho.

—Hola, don José, ¡esta sí que es una agradable sorpresa!

—No me agradezcas la llamada, muchacha.

—¿Ocurre algo?

—Solo quería preguntarte si sabes dónde está Fernanda, la he llamado a su celular y no responde.

—Lo siento, don José, hace más de una semana que nos vimos. Si gusta, intento localizarla para avisarle de que usted la busca.

—No te molestes, ya me encargo yo. En caso de necesitar tu ayuda, te llamo nuevamente, gracias. Que tengas buen día.

No hay duda, Fernanda ha sido secuestrada. La vista se le nubla, las piernas le tiemblan, una enorme impotencia se apodera de él. Mil preguntas pasan por su cabeza. Les dará lo que le pidan, no importa la cantidad, es capaz de vender todo para que su hija regrese sana y salva. Ella es el motor de su existencia. Ha luchado día y noche hasta construir un rancho próspero para ofrecer lo mejor a su familia; por amor a ella, daría la vida misma si fuese necesario.

Se acerca hasta la puerta de la cocina para despedirse de su mujer. Intenta ocultar su preocupación.

—Amalia, debo volver al trabajo.

—¿Tan pronto?, ¿y tu siesta? El café tampoco te lo has terminado.

—Hoy no tengo tiempo, urge reparar unas cosas en el establo.

—¿Estás bien, José? Te veo pálido, ¿de verdad no quieres descansar un poco?

—¡Que no, mujer, he de irme! Nos vemos. —Y sale a toda prisa con el paquete bajo el brazo.

Una vez afuera, marca el número de Juan. Fernanda era una niña de tres años cuando entró a trabajar al rancho, la ha visto crecer y la quiere mucho; ella también lo aprecia, es parte de la familia.

—¡Don José, por favor, dígame que no es cierto! Un hombre tan bueno como usted no se lo merece.

—Desafortunadamente, todo indica que sí, que secuestraron a mi hija. Y no sé si avisar a la policía o buscar ayuda.

—El señor Álex, ¡seguro que él sabe qué hacer!

José mira a Juan y, en silencio, sube a su camioneta. Juan hace lo mismo.

—¡No voy a dejarlo solo, don José!

—Pero alguien tiene que estar pendiente del rancho.

—Ahora mismo llamo a Luis, él se encargará.

—Juan, nomás voy a hablar con Álex.

—Sí, lo sé, don José, pero, por favor, déjeme acompañarlo. Si no voy con usted, me volveré loco, la niña Fernanda es como mi hija, y usted lo sabe.

—Gracias, Juan, pero… Maldita sea, se me olvidaba: ¡Álex está de vacaciones!

—Pues llámelo, don José, seguro que viene.

—Tienes razón, solo espero que no se haya ido a ningún lado.

***

Lo bueno de no hacer planes es que Álex dedica más tiempo a la lectura. Está por terminar el primer libro de las vacaciones y tarda en responder a la llamada que su celular le anuncia con tanta insistencia.

—¿Por qué estás tan alterado, José?

—Disculpa que te moleste. Se trata de Fernanda, mi hija. —José no puede contener las lágrimas.

—¿Qué pasa con Fernanda?

—La secuestraron, Álex, secuestraron a mi hija. —José calla, le es imposible hablar.

—Tranquilízate, por favor, salgo de inmediato para allá.

—Está bien —solloza José.

Juan le pone la mano en el hombro:

—Todo saldrá bien, don José, todo saldrá bien, ya verá.

A las cuatro, el calor suele ser insoportable, pero una llovizna refresca la tarde. Cuando Álex llega, los invita a pasar a la oficina de la escuela. Una vez dentro, José, sin decir palabra, le muestra la nota que recibió.

—¿Qué es esto?, ¿una broma de mal gusto?

—Álex, estoy seguro de que no es una broma —responde José, ya repuesto. Le habla del paquete con las pertenencias de Fernanda y las llamadas que hizo.

—¿Te acuerdas de mi amigo Max? —pregunta Álex.

—Ese que es policía, sí, ¿por qué?

—Él nos ayudará.

—No podemos dar aviso, me amenazaron con matar a Fernanda.

—Sé que es peligroso informar a la policía, por eso te ofrezco acudir solo a Max. Le pediré el favor como amigo.

—Sí, don José, acepte la propuesta del maestro.

—Espera, Juan, que no entiendo muy bien lo que me dice.

—José, Max nos orientará sobre cómo actuar.

—Álex, por favor, no quiero arriesgar la vida de mi hija. Prefiero pagar el rescate.

—¿Tú crees que esos infelices van a cumplir su palabra? Lo indicado es buscar ayuda.

—Esperemos a que me llamen, por favor. Si lo que quieren es dinero, se lo daré.

—Está bien, esperamos. ¿Quién va a negociar con ellos? ¿Tú?

—Ahí lo pone muy claro: no debo hablar con nadie, entonces, tengo que ser yo. Álex, no hagas nada, de verdad. Por ahora, solo necesito tu apoyo.

Álex no es experto en secuestros, pero teme que la cercanía emocional perjudique las negociaciones. Sin embargo, no puede influir en la decisión que ha tomado su amigo.

—De acuerdo, José.

***

El trayecto de regreso al rancho lo hacen en silencio. José detiene la camioneta frente a su porche, le pide a Juan que se encargue de todo y que no comente con nadie lo que está pasando. Lentamente, entra a su casa, tal parece que le pesan los pies, el dolor y la preocupación por su hija lo han encorvado. Con los ojos húmedos, se deja caer sobre el sofá, cerca del teléfono, dispuesto a no moverse de ahí hasta que los secuestradores llamen.

Amalia lo observa desde la puerta de la cocina. Toma aire y se acerca despacio, como para no asustarlo. José se ha tapado los ojos con las manos, pero se percata de que ella se ha acuclillado delante cuando se apoya en sus piernas.

—¿Qué pasa, José?, ¿te sientes mal?

Las lágrimas lo traicionan, no puede articular palabra. Amalia, asustada, se sienta a su lado, le repite la pregunta un par de veces, y espera. Al ver que no reacciona, decide llamar al médico. José habla cuando ella toma el teléfono.

—¡No, cuelga, por favor!

—José, mira cómo estás, voy a avisar al doctor.

José no sabe cómo darle la noticia. Se sobrepone, busca la mirada de Amalia y pronuncia la frase que la hará sufrir:

—Nuestra hija, Amalia, ¡han secuestrado a nuestra hija!

Capítulo 13

Fernanda no sabe cuánto tiempo lleva recluida en ese lugar. Está tumbada sobre una cama que rechina con cada movimiento, siente que alguien la observa. Cuando trata de liberarse de las ataduras de pies y manos, lo único que logra es que le aprieten más. La cinta adhesiva que le cubre la boca le dificulta la respiración y ahoga sus gritos. Tiene los ojos vendados y no para de rememorar el momento del secuestro. Son imágenes confusas, solo ve siluetas de hombres enmascarados que la sujetan con violencia. Los restos del anestésico le provocan dolor de cabeza y náuseas; el reflujo le deja un desagradable sabor de boca y se esfuerza por no vomitar. La contusión en el abdomen se hace patente cada vez que respira. Toma aire despacio y recupera la calma. Es lo mejor para analizar la situación. Las preguntas se suceden: «¿Dónde estoy? ¿Por qué me secuestraron a mí? ¿Son tratantes de blancas, traficantes de órganos? ¿Quieren dinero? Sí, ¡dinero! Ese debe de ser el motivo. Seguramente, mi padre no tarde en pagar el rescate, y volveré a casa».

Alguien entra, escucha como se acerca a la cama. El miedo de nuevo se apodera de ella, cree que va a morir en esa habitación maloliente a manos de unos desquiciados. Se remueve, trata de alejarse del extraño.

—Así que ya *despertastes*. Qué bueno, porque tengo que decirte muchas cosas. Mira, pa empezar, más vale que te portes bien. La bronca no es contigo, si tu viejo tampoco hace pendejadas, *pus* enseguida estarás libre. ¿Tienes hambre? ⊠Calla un instante—. Oye, también en fachas te ves rebuena. —El hombre ríe—. A ver, güey, *traila* pa'cá. ¿O qué quieres, que ella vaya pa'llá?

Alguien más está en la habitación.

—¿Dónde la pongo?

No sabe de qué hablan, eso la pone aún más nerviosa.

—En serio que estás regüey, ¿no ves que no puede tomar ella sola?

Le arranca la cinta adhesiva. Ella deja escapar un grito de dolor.

—Ya, ni que fuera para tanto. Pinches viejas, son bien chillonas, ¿que no? —Ríe de nuevo—. Órale, cabrón, dásela, ¿no ves que tiene sed?

Bebe con dificultad, pero no desiste, y si le ofrecen alimento, igualmente se esforzará para comer, debe mantenerse hidratada y fuerte. Su padre hará hasta lo imposible por rescatarla, y eso la anima.

***

Álex solo ha coincidido con Fernanda en festejos de El Fuerte, en los cumpleaños de José y en alguna comida en el rancho, y sus conversaciones suelen ser cortas. La ve como una mujer inteligente, trabajadora y atractiva. No le ha conocido novio o relación amorosa. De no estar con Martha, piensa que sería feliz con ella. Como no está dispuesto a esperar de brazos cruzados, desoye la petición de José y llama a Max.

A su amigo le sorprende que lo telefonee a esa hora. El tono de voz y su urgencia por verse en un restaurante abierto las veinticuatro horas, ubicado en una gasolinera de la carretera 57, son indicios de que algo grave pasa. Llegan casi a la vez, toman asiento y piden la bebida. Tan pronto como el mesero se retira, Álex le cuenta todo.

—Recurro a ti porque sabes de esto, tienes experiencia. Por favor, Max, le prometí que no avisaría a la policía, pero está aterrado y nos necesita.

—Álex, dar parte es lo correcto.

—Tal parece que los secuestradores van en serio, podrían matarla si lo hacemos. Y sí, ya sé que tú eres policía, pero también mi amigo. Me ayudarás, ¿verdad?

—Cuenta conmigo. Hablaré con Rubén para que también indague en este asunto con discreción. Solo espero que todo salga bien, o nos meteremos en problemas, y no serán cualquier cosa.

—Lo que menos quiero es complicarte la vida, te he presionado para que me eches una mano, pero aún estás a tiempo de negarte. Entiendo que esto supone un gran riesgo para ti.

—Tranquilo, tampoco es nada del otro mundo.

—De verdad que te lo agradezco, Max; sin ti, estaría perdido.

—Álex, ahora que eres maestro, tienes más acción que cuando trabajabas en GOPES.

—Sí, es increíble lo que me está pasando; bueno, no a mí, pero me he involucrado bastante.

—Te mantendré al tanto de cualquier novedad. Ahora, descansa un poco.

—No creo que duerma, pero tienes razón, me voy al hotel.

—¿Cómo?, ¿de qué hablas?

—Con todo esto, olvidé decirte que Martha me pidió el divorcio.

—¿De verdad? Oye, pues no te quedes en un hotel, vente a mi casa.

—Muchas gracias, Max, pero me hace bien estar solo.

—Si quieres hablar de ello, tengo tiempo: estoy de guardia.

—Serás el primero con el que me desahogue, pero en otro momento, espero que me comprendas.

—Sí, claro. Llámame si necesitas algo, no dejes pasar mucho tiempo.

—Te lo agradezco. Ahora, lo más importante para mí es ayudar a José. Recuerda que la vida de su hija corre peligro.

—Tienes razón. Pues nada, ¡a trabajar!

***

José se ha pasado toda la noche en el sofá, con la esperanza de recibir la llamada de los secuestradores, aunque Amalia le explicó de una y mil formas que no contactarían a medianoche, mucho menos de madrugada.

—José, te hace daño no dormir. Por favor, deja de martirizarte.

—Debí suponerlo, Amalia, sabemos cómo son las cosas en México: si te va bien, piensan que eres millonario y te raptan.

—No te culpabilices por tener un buen patrimonio. Quizás, escogieron a Fernanda al azar.

—No, estoy seguro de que la localizaron por anunciar nuestros productos en Internet. Nunca me gustó que lo hiciera, se lo dije, y ahora me arrepiento de no habérselo prohibido.

—Ya pasan de las nueve, te voy a preparar un café.

Al escuchar el timbre del teléfono, Amalia regresa a toda prisa. José responde con voz tímida:

—¿Bueno?

—¿José?

—Sí, sí, soy yo.

—Óyeme bien.

—¿Quién habla?

—Cállate con una chingada, ¿o no quieres saber de tu hija?

—¿Mi hija? ¿Ustedes tienen a mi hija? ¿Cómo está? Quie…

—Que te calles, cabrón, es la última vez que te lo digo.

—Solo dígame cómo está.

—Ah, la chingada, si no entiendes, ahí la dejamos.

—¡No, por favor, no cuelgue!

—Entonces, cállate de una puta vez. —José guarda silencio y el secuestrador continúa—: No llames a la policía ni le cuentes esto a nadie, o no volverás a ver a tu hija. ¡Pon atención! Prepara los documentos de compraventa del rancho estipulando el precio real. No buscamos apoderarnos de la propiedad, la queremos comprar y te pagaremos muy bien. En cuanto la venta esté cerrada, dejaremos en libertad a tu hija. Por supuesto, ni pienses en recuperar el rancho o en hacer algo que nos perjudique.

José reconoce la voz: es uno de los tipos del coche negro, ellos han raptado a Fernanda para obligarlo a vender.

—Pronto recibirás más indicaciones. Que no se te olvide: a la policía ni una palabra, si no, tu hija se muere.

—¿Bueno?, ¿bueno? Por favor, no…

José se siente perdido, desesperado, incapaz de controlar sus movimientos, pero debe ser fuerte; Fernanda, ahora más que nunca, lo necesita. La cabeza le da vueltas. Se pregunta por qué no dejaron que hablara con ella. ¿Será que está muerta? No, ellos solo quieren el rancho; si hace lo que le indican, pronto tendrá a su hija entre los brazos. No hay tiempo que perder. Llama a

Álex, a quien, sin preámbulos y de forma atropellada, le pide que tramite la venta del rancho. El profesor, sorprendido, tarda en reaccionar.

—Álex, ¿me escuchas?

—Sí, José, pero no entiendo por qué me pides tal cosa.

—Por favor, no me preguntes nada, solo respóndeme: ¿puedes hacerlo tú o buscar a alguien que lo haga?

—José, se trata de Fernanda, ¿verdad? Supongo que la cantidad que te pidieron es tan grande que incluso te ves obligado a vender tu rancho.

—No hay tiempo para explicaciones, tienes que hacerlo lo más rápido posible, ¡es cuestión de vida o muerte!

—José, si me dices qué está pasando, tal vez te…

—Si me quieres ayudar, entonces, haz lo que te pido, por favor.

—Está bien, pero necesito información concreta: nombre del comprador, precio de la propiedad, formas de pago… En fin, tú decides por dónde empezar.

—Lo siento, no tengo esos datos. —La desesperación de José aumenta. ¿Por qué es todo tan complicado? Él solo quiere salvar a su hija.

—Imagino que ya has encontrado un comprador, ¿no? Pídeselos, porque sin eso no es posible formalizar la venta. Si lo prefieres, organiza una cita para que hable yo directamente con el interesado.

—De acuerdo, en cuanto tenga lo que me pides, te llamo. Gracias por todo.

Nunca un día había sido tan largo. No come, no habla con nadie y no se mueve del sofá. Solo mira el teléfono una y otra vez, pero la noche cae sin que los secuestradores se comuniquen. Amalia opta por llevarle una almohada y cobijas, le ruega que sea sensato y se recueste; en caso de que llamen, lo escuchará sin problema. Le sorprende que su esposo se deje guiar. No tiene voluntad ni fuerzas para discutir, parece que en solo unas horas los años se le han acumulado. Sin decir palabra, se acomoda en el sofá y le da la espalda a Amalia para que no vea que está llorando. Pero ella lo intuye y, con respeto, le da las buenas noches y abandona la sala.

José ignora que hacerlo esperar es una decisión de Víctor Aranda: quiere que sufra por haberse resistido a vender. Finalmente, se queda dormido, sin embargo, a las seis de la mañana ya está sentado, pendiente de la llamada de los secuestradores. Cuando suena el teléfono, se apresura a explicarle al secuestrador la información necesaria para el trámite e insiste en que les cederá el rancho de la forma que digan. Le ordenan que no se separe del teléfono, ellos volverán a llamar.

***

Álex, incapaz de esperar a que José le telefonee, se presenta en el rancho. Amalia lo recibe, en su rostro se nota la preocupación y la mala noche que ha pasado; le advierte que José quizás no quiera hablar. Encuentra a su amigo sentado a la mesa frente a un café que ya se enfrió. La mirada perdida y la espalda encorvada. Ha envejecido de golpe.

—Buenos días, José.

—Álex, ¿por que no llaman?, ¿qué está pasando?

—Me gustaría poder responderte, pero no tengo ni idea. ¿Y si avisas a la policía?

—¡No! Haré todo tal y como ellos me explicaron para no arriesgar la vida de Fernanda.

—Entiendo y respeto tu decisión. Solo espero que se comuniquen pronto. —Después de un incómodo silencio, continúa—: José, no sé si es el momento adecuado, pero ¿dispones ya de los datos para la venta? Me atrevo a preguntártelo porque me comentaste que te urgía.

Ambos se miran sin decir palabra. Álex conoce muy bien a José e intuye que le oculta algo, pero es cuestión de tiempo que se sincere. Sin embargo, la inoportuna llegada de Juan lo impide. Solicita la presencia de su patrón para aclarar unas dudas y firmar los comprobantes de una carga de alimento.

Mientras espera el regreso de José, Álex saborea el rico café que Amalia le ha preparado y contempla las fotos que hay en el mueble del salón. Una de ellas muestra a la sonriente familia Navarro en una playa. Qué distinta es la situación que ahora viven. La puerta se abre y entra José. Álex le sonríe, pero no obtiene respuesta. El teléfono suena y José se apresura a descolgar.

—¿Bueno?

—¡Escribe!

Tembloroso, José toma la pluma y el cuaderno.

—Sí, sí, lo escucho.

—Comprador: Armando Mora; testigo del comprador: Rafael Juárez. Dirección…

Las indicaciones son claras: pasado mañana se presentarán en el rancho para llevar a cabo los trámites preliminares. José deberá aprobar la propuesta en la que se especifica el precio real del inmueble, y el próximo lunes firmarán el contrato de compraventa. Se ha programado la cita ante el notario público de Santa María del Río a las dos de la tarde. José ha de acudir con un testigo, un abogado no es necesario, ya que todo está en regla. Tendrá tres semanas para desalojar el rancho.

—¿Vas a vender el rancho a los secuestradores? —La sorpresa de Álex es mayúscula.

—Sí, por eso no me atrevía a decírtelo. Y cada vez entiendo menos qué quieren. Pensé que también comprarían el ganado y la maquinaria. Deshacerme de todo en menos de tres semanas es imposible, a menos que lo regale.

—No tienes por qué regalar lo que tanto esfuerzo te ha costado. Posees más tierras que no están dentro del lindero del rancho, llévalo ahí.

—¡Jamás! No voy a instalarme a unos minutos de estos desgraciados, no lo soportaría.

—Te entiendo, pero no es eso lo que te propongo, sino que más adelante… —De pronto, todo encaja para Álex—. ¡El yacimiento! Seguro que ellos solo quieren el yacimiento.

José no puede evitar una mueca de extrañeza, pero para Álex está claro que los trabajadores del catastro que se presentaron en el rancho eran parte de la banda criminal que ha raptado a Fernanda y también los asesinos de Lupe y Roberto, el dependiente del negocio de compraventa de oro. Por medio de alguno de los dos se enteraron de la existencia del yacimiento y, cuando consiguieron la información necesaria, se deshicieron de ellos. Álex se había prometido que resolvería sus asesinatos y lo logrará si atrapa a los secuestradores de Fernanda, pero ha de ir con sumo cuidado, pues esos tipos están dispuestos a todo.

—Tiene sentido lo que me dices, Álex, aunque eso no cambia nada: debo venderles el rancho para salvar a mi hija.

—Pues sigamos con los trámites. Necesitas el comprobante del pago del impuesto predial, la escritura de la propiedad, el avalúo vigente…

—¡Me mareas con tantos papeles!

—Lo siento, pero es lo que exige la ley.

—¿Te parece legal lo que hacen esos desgraciados?

—Se están protegiendo de posibles acciones en su contra. Sin pruebas que demuestren que ellos han raptado a tu hija para presionarte, no podrás hacer nada para recuperar el rancho.

—Por mi parte, que duerman tranquilos, si es que su conciencia los deja. Yo lo único que quiero es que todo esto termine pronto.

—Los trámites para adquirir una propiedad de las dimensiones de tu rancho llevan tiempo. Mañana a las nueve se presentará Sergio Suñiga, del Instituto de Administración y Avalúos. Me retiro, por favor, despídeme de Amalia. Nos vemos mañana.

—Gracias, Álex, y disculpa mi mal humor, pero estoy desesperado.

—Todos estamos a punto de estallar, no te preocupes.

Nada más salir, marca a Max, y quedan en comer juntos a las tres.

Álex entra al restaurante con la misma prisa que abandonó el rancho. En cuanto se sientan a la mesa, le muestra una fotografía de la hoja que escribió José.

—Max, me urge que busques información sobre estas personas.

—¿Qué pasa? Te veo muy alterado.

—Perdona, deja que te cuente: son los que quieren apoderarse del rancho de José y, obviamente, los que han secuestrado a Fernanda.

—¿Estás seguro?

Le resume las visitas de los dos tipos en coche negro y la verificación del terreno que hizo un supuesto grupo del catastro y de la que no hay un solo reporte. Está convencido de que quieren el yacimiento.

—Es posible, y quizás más adelante utilicemos esa información para seguirles la pista, pero ahora mismo no nos sirve de nada.

—¿No te extraña que actúen de forma tan abierta?

—Sí. Seguramente haya alguien detrás que les da cierta seguridad. Déjame llamar a Rubén para que busque información sobre Armando Mora. Aunque me temo que será un prestanombre, un títere.

Al cabo de un rato, Rubén le devuelve la llamada: en la ciudad de San Luis Potosí existen catorce personas con ese nombre y en todo el estado, más de ochenta. Es uno de los apellidos más comunes en México.

—¿Y no hay forma de reducir la lista? —pregunta Max.

—Sería más fácil si supiéramos los dos apellidos.

—¿La dirección es real?

—Sí, la dirección existe, aunque el nombre no coincide con el del propietario.

—Envía a alguien para que vigile.

—Ya lo he hecho. Por el momento, nadie ha salido ni entrado. Una cosa más: los coches que utilizaron en el secuestro son robados, los encontraron esta mañana en las afueras de la ciudad. No dejaron ningún rastro que podamos seguir.

Capítulo 14

Las calles se encuentran vacías, solo unos perros flacos y sucios jadean bajo la sombra de un árbol. Los niños aprovechan las vacaciones de verano para dormir hasta tarde. Lo mejor es quedarse en casa y salir a jugar cuando el sol ya declina.

Álex ha pasado la noche en vela porque se le ha ocurrido un plan. Por suerte, Max, Rubén y Juan han aceptado participar. Conduce en dirección a la escuela lo más rápido posible. Hace diez minutos que Juan los espera. Cuando abre el portón, el reloj marca las ocho de la mañana. Le pide a Max que meta el coche mientras entra con el capataz y Rubén. Dentro de la oficina, hace las presentaciones y les explica los detalles. Da la impresión de que el experto policía es él y no sus amigos.

Juan fungirá como testigo de José y estará dentro de la casa, así que llevará un micrófono oculto para grabar la reunión. Max procede a colocárselo mientras Álex sigue con las indicaciones. Rubén deambulará por el rancho como un trabajador más para fotografiar a los secuestradores y a su matrícula, además de ponerle un rastreador al vehículo.

—Max, ¿cómo se activa el rastreador? —pregunta Álex.

—Tienen que instalar una aplicación.

Álex y Rubén sacan sus celulares para hacerlo. De una de las mochilas, Max saca una caja diminuta. Dentro hay algo parecido a una radio portátil. Se trata de un rastreador de la marca Spy Motor. Es de gran precisión y la batería dura hasta treinta días. Se actualiza cada treinta segundos, envía mensajes y graba la ruta durante un máximo de doce horas, pero esta función consume mucha batería. Cuenta con una franja magnética y una cinta adhesiva bastante fuerte para fijarlo en cualquier superficie. Lo enciende y les pide que introduzcan sus nombres en el primer recuadro que muestra la aplicación, y en el siguiente, el número que figura en la parte posterior del transmisor. Finalmente, pulsan en «conectar». Tras unos segundos, aparece en las tres pantallas el mismo mapa; en medio parpadean dos puntos: el verde indica la posición del rastreador y el azul la del propio celular.

—Estupendo, muchas gracias. Como acordamos, tú te encargarás de todo aquí, en la oficina. —Max sonríe de una forma que Álex no puede descifrar—. ¿Pasa algo?

—No, nada, solo pienso que te equivocaste de trabajo. Encajarías muy bien en el grupo Halcones.

Álex le responde con una sonrisa. Mientras, Rubén se cambia de vestimenta: ahora luce una camisa de cuadros, vaqueros, botas y sombrero. Cuarenta y cinco minutos después, Juan y él se dirigen al rancho.

Entre el portón y la casa de la familia Navarro hay unos cien metros. Un sendero de piedra va desde la entrada hasta el patio frontal, atravesando un hermoso jardín con flores de colores y plantas de un verde exuberante. En invierno, los manzanos protegen la finca de los fríos vientos del norte; desde ahí, Rubén observará y tomará fotos.

—Juan, ¿dónde estabas? —pregunta José, nervioso.

—Le dije que llevaría las piezas para reparar el arado de las tierras altas, don José.

—¡Por favor, olvídate de todo y quédate aquí! Esos infelices están por llegar.

—Falta casi una hora.

—De todas formas, ya no te retires, por favor.

—No se preocupe, yo de aquí no me muevo. —El ruido de un auto les llama la atención—. Voy a ver.

—Juan, espera, quizás sean los secuestradores.

—Don José, es pronto, debe de ser el maestro.

Los golpes a la puerta sobresaltan a José. Juan abre, y su patrón se tranquiliza al comprobar que, efectivamente, se trata de Álex. Después de saludarlo, le pide que verifique los documentos. Cuando Álex le confirma que están en orden, José, apenado, le ruega que se marche.

—De acuerdo, me retiro. Espero que todo salga bien. ¿Cómo se encuentra Amalia?

—Con el ánimo destrozado, pero bien de salud. Prefiere no cruzarse con esos criminales y, la verdad, yo tampoco quiero que esté presente.

—La comprendo. Avísenme cuando hayan terminado, por favor. Me quedaré en la escuela.

—Le acompaño a la salida, profesor —dice Juan.

Una vez en el porche, Juan le propone que lleve el coche a donde las camionetas del rancho y espere allí. Permanece atento, por si José sale de la casa, y en cuanto pierde de vista el auto de Álex, entra.

***

A las once, José ya se ha sentado en la cabecera derecha de la mesa y Juan, a su lado. Frente a él, ha dispuesto las dos sillas para los visitantes.

Son casi las doce del mediodía. Amalia, con la angustia reflejada en el rostro, baja para preguntar cómo ha ido. Al enterarse de que los secuestradores aún no han hecho acto de presencia, guarda silencio y, con paso lento, se dirige de nuevo a su habitación. José no puede evitar un suspiro de tristeza al ver a su querida esposa en ese estado. Se cubre la cara con las manos para ocultar las lágrimas. Juan le prepara un café y vuelve a la mesa. En el momento que deja la taza delante de José, escuchan un auto que se acerca. Se miran: ha llegado el momento. Con un gesto discreto, Juan enciende el micrófono.

—Deben de ser ellos —dice, con la intención de informar a Max.

—Muy buenos días a todos, ya nos extrañaban, ¿que no? —dice Rafael.

Juan no responde, y sin esperar invitación, los dos tipos entran a la casa.

—Don José, ¿cómo está? —dice Rafael con tono de burla.

—Por favor, Rafael, deja que hable yo.

—Ta bueno, Bru..., digo Armando.

—No firmaré nada hasta que me den una prueba de que mi hija está bien —dice José, ocultando su miedo.

—No me equivoqué al pensar que nos saldría con una pendejada como esa. —Armando dibuja una sonrisa de autosuficiencia. Marca un número en su celular, cuando le responden, presiona el botón del altavoz—. Ponla pa que hable.

—Hey, ¿no querías saber de tu papá? Ándale, muévete —se oye al otro lado del celular.

—¡Papá, papá!

—¡Fernanda, soy yo! —responde José.

—Papá, ayúdame, por fa…

Armando corta la llamada.

—¡No!, ¡Fernanda, Fernanda! —grita José, desesperado.

—¡Suficiente! Terminemos rápido, es lo mejor para su hija, ¿no cree?

—¿Por qué no me dejó hablar con ella?

—Mire, no venimos hasta aquí para hacerle un favor, así que déjese de pendejadas, usted ya sabe lo que queremos.

Ya con los documentos en su poder, Armando le recuerda que la cita par firmar la escritura pública de compraventa frente al notario público es el próximo lunes a las nueve de la mañana. José, abatido y con la mirada perdida, no responde. Sin agregar nada más, abandonan la casa. Juan se reúne con Álex en el aparcamiento de camionetas y le entrega el micrófono.

—Cuida a José, regreso más tarde.

Al llegar a la escuela, Álex baja del auto y camina de aquí para allá, gesticula y maldice. En la oficina, Max y Rubén esperan a que se calme. Por fin entra, toma un poco de agua y se disculpa con sus compañeros.

—¿Ya te sientes mejor? —pregunta Max.

—La verdad es que no. No poder ayudar a José me desespera.

—Claro que lo ayudas, todo esto lo hacemos por él.

—Lo sé y les agradezco, pero ustedes no ven cómo sufre…Max, te juro que lo lamentarán.

—Álex, créeme que te entiendo, pero tu actitud me desconcierta, es más, te desconozco.

—Quiero que pasen por el mismo dolor que están provocando, eso es todo.

El silencio se apodera de la oficina. La mirada de Álex va de Max a Rubén. Finalmente, se asoma por la ventana, necesita aire fresco, pero lo golpea el calor de julio. A sus oídos llega el canto de los pájaros y el griterío de algunos niños que han salido a jugar. Cierra los ojos y respira hondo. Sacude la cabeza y se gira. Sus amigos ya han empezado a trabajar.

—Rubén, ¿lograste buenas fotos? —pregunta Álex.

—Sí, ya las he pasado al ordenador. Las voy a enviar para pedir informes sobre los dos tipos y el auto. También les coloqué el rastreador.

—Sus caras me resultan conocidas —se sorprende Álex.

—¿En serio? Sería de gran ayuda si logras recordar dónde los has visto.

—Ese es el problema: no lo sé. Incluso pienso que el deseo de solucionar esto me hace imaginar cosas.

—Prueba con el audio, te refrescará la memoria —interviene Rubén.

—Es verdad, ponlo.

—Muy bien, presta atención. —Max presiona el botón de *play*.

Escuchan la conversación entre José y los secuestradores y la llamada a Fernanda.

—¿Y bien, Álex?

—Sigo pensando que los conozco, pero no me acuerdo de qué. Al principio del audio, uno de los tipos está a punto de llamar a su compañero con otro nombre, ¿lo notaron?

—Sí, lo pongo de nuevo —dice Max.

«Don José, ¿cómo está?».

«Por favor, Rafael, deja que hable yo».

«Ta bueno, Bru..., digo Armando».

—¡Ahí! —dice Rubén. Max detiene el audio y lo regresa una vez más.

«Por favor, Rafael, deja que hable yo».

«Ta bueno, Bru..., digo Armando».

—Ha dicho «Bru». Casi se le escapa el nombre real o el apodo.

—Yo creo que se trata del nombre —dice Max.

—Pues el único que se me ocurre es «Bruno».

—No quiero desanimarlos —interviene Rubén—, pero esos tipos hablan como pandilleros. Es muy común que se llamen *bruder*, que es como pronuncian *brother*.

El sonido de un celular que está sobre el escritorio interrumpe la conversación. Rubén responde antes de que suene por segunda vez y se retira un poco.

Mientras tanto, Max abre la aplicación del rastreador y le muestra a Álex que los secuestradores se encuentran en la carretera 57, rumbo a San Luis.

—Estupendo, pide a una patrulla que los siga ahora mismo.

—Álex, te recomiendo ir despacio para no poner a Fernanda en peligro. Los tenemos localizados, pero es importante que se sientan seguros, así tomarán menos precauciones. Y al primer descuido, los apresaremos.

—Tienes razón. Debo ser paciente. Gracias por todo, Max.

—Para eso estamos los amigos, ¿no? —Le guiña un ojo y sonríe.

Rubén termina la llamada y se dirige a sus compañeros:

—Era la central.

—¿Qué averiguaron?

—No hay registro de estos dos tipos. —Señala la foto en el ordenador—: Cotejaron sus rostros con todos los de la base de datos y ninguno coincide.

—¡Maldita suerte! —dice Max, Álex solo frunce el ceño—. Identificaron el vehículo; desafortunadamente, esa información tampoco nos sirve.

—¿Es robado? —pregunta Max.

—No, no lo es, pero está a nombre de lo que parece una empresa fantasma.

—Debí impedir que José firmara esos documentos —se lamenta Álex.

—Entonces, habría sido como si tú mismo mataras a Fernanda. Solo firmó la oferta de compra, ¡no pasa nada! Hay tiempo.

En silencio, suben al coche y toman rumbo a San Luis. Rubén se acomoda en el asiento trasero y abre la aplicación del rastreador. Max maneja y, a su lado, Álex se sienta con el ordenador portátil en las piernas.

—¿Todo bien? —pregunta Max—. Te veo muy pensativo.

—Lo cierto es que no pienso con claridad. Han sido demasiadas cosas en pocos días: el rapto de Fernanda, salir de mi casa, la demanda de divorcio…

—Ya que lo mencionas, ¿cómo va lo de tu divorcio?

—He leído los documentos, pero no he firmado. Intento hablar con Martha, pero no contesta a mis llamadas. Así que tendré que tratar todo con su abogado… —Álex calla durante unos segundos—: Déjame escuchar la grabación desde el principio —pide a Rubén.

—¿De qué hablas? —pregunta Max.

—La grabación de los secuestradores, necesito comprobar algo.

Rubén da al *play* y dos palabras taladran su cerebro. Se retrotrae al momento en que chocó con dos tipos cuando fue a recoger los papeles del divorcio.

«¿Qué pasa?»

«*Pus* este güey, que está peor que un topo, ¿que no?».

«Cállate, primo. Discúlpenos, fue…».

«Pinche Bruno, ¿por qué te disculpas? Que lo haga él».

—¡Los vi en la oficina de Víctor Aranda!

—¿Estás seguro de eso?

—Sí, Max. —Alex le cuenta cómo fue el encontronazo—. Esa muletilla, «¿que no?», me hizo recordar. El nombre que estuvo a punto de decir es Bruno, llamó así a su compañero ese día. Miren. —Entre las fotos que Rubén tomó, elige una donde se les ve el rostro—. Este es Bruno, no Armando Mora, como él dice. Sería de gran ayuda enterarnos por qué estuvieron en la oficina de Víctor.

—Quizás los asesoró en la compra del rancho.

—No, Max, sus clientes son políticos o empresarios importantes, no un par de delincuentes. ¿Y si Víctor es el autor intelectual de esto?

—No te precipites. Quizás, quisieron contratarlo y él los rechazó. Me cuesta creer que sea un secuestrador. Aunque tampoco debemos descartarlo.

—Es él, Max, y el motivo es el yacimiento. Lo que no sé es cómo diablos se enteró…

—Joder, Álex, Víctor Aranda es una persona influyente, necesitamos pruebas para investigarlo o nos meteremos en un lío bastante gordo.

A Álex le asalta una duda: ¿está su suegro involucrado? Se le acelera el corazón. Julio Montemayor no es un ángel, pero tampoco un demonio. Decide no compartir esta conjetura con sus compañeros; si Julio Montemayor es parte de esto, tarde o temprano se descubrirá.

—Por favor, mira la aplicación del rastreador, a ver por dónde van —le pide a Rubén.

—Por la calle Álvaro Obregón.

—Avísame si toman la avenida Carranza. La oficina de Víctor está ahí, entre Capitán Caldera y Muños. —Mira a Max—: Si vamos ahora mismo, los sorprenderemos. Qué nos expliquen qué tipo de relación los une.

—¿Esa es tu idea?

—Solo trato de descubrir si Víctor es el artífice. —Se dirige a Rubén—: ¿Dónde están?

—En el semáforo del inicio de la avenida Carranza. Espera un momento, a ver si siguen derecho o dan vuelta en la… ¡Sí, han tomado la avenida!

—Te lo dije, Max: van a la oficina de Víctor.

—Según la aplicación, por la distancia y la intensidad del tráfico a mediodía, ¡nos costará hora y pico! —dice Rubén.

—No importa, se me acaba de ocurrir algo, creo que dará resultado.

—¿Por qué no nos lo comentas sentados a una mesa? No hemos comido nada en todo el día —sugiere Max.

—Conozco un buen restaurante italiano —dice Rubén. Dirige la mirada a su celular—: ¡Álex, el punto verde se ha detenido entre las calles que mencionaste! —Al escuchar esto, Álex asiente.

El resto del trayecto lo realizan en silencio. Avanzan a vuelta de rueda. Tardan más de media hora en llegar al restaurante. Está lleno, pero, por suerte, toman asiento en la última mesa libre.

Mientras disfrutan de un café, tras una deliciosa comida, Álex les detalla su plan. Max y Rubén están de acuerdo en llevarlo a cabo.

Antes de separar sus caminos, miran por última vez la aplicación. Los dos tipos estuvieron media hora en la oficina de Víctor Aranda. Cuando se pusieron en movimiento de nuevo, atravesaron la ciudad hasta incorporarse a la carretera 57 San Luis Potosí-Matehuala. Continuaron por la avenida Anillo Periférico Norte. La calle Nicolás Zapata los llevó hasta su destino: la colonia Pedro Moreno, un barrio pobre donde la violencia es parte de la vida diaria. Los padres dedican poco o nulo tiempo a sus hijos, en el mejor de los casos, los dejan al cuidado de la abuela. Esto propicia la formación de pandillas, el consumo de drogas y los delitos. Avanzaron durante casi diez minutos por un laberinto de calles y se detuvieron en la de Los Álamos, entre los números 22 y 27. Ese debe de ser el lugar donde tienen secuestrada a Fernanda.

Si de Álex dependiera, ahora mismo iría a rescatarla. Max lo mira, sabe perfectamente lo que está pensando:

—Paciencia, Álex, paciencia. Pronto, Fernanda estará libre.

Capítulo 15

Las voces masculinas sobresaltan a Fernanda. La desatan de la cama y le ponen esposas en muñecas y tobillos. Ahora puede moverse más, pero sigue siendo incómodo y doloroso. Al menos, hace tiempo que no le vendan los ojos.

La puerta se abre y entra el Cuidador. Fernanda lo llama así porque es quien se encarga de vigilarla y llevarle la comida. No habla, simplemente la mira a través de los orificios de la capucha. Deja una charola sobre una cubeta que utilizan como mesa y le quita la cinta adhesiva de la boca. Con un gesto, le indica que coma. Todos los alimentos saben horribles, pero Fernanda siempre se los termina. Mastica despacio, muy despacio, su captor se desespera y con otro gesto le ordena que se dé prisa.

—Muchas gracias, ¿lo has cocinado tú? —pregunta Fernanda.

No reacciona. Ella prueba una vez más:

—Ya llevo mucho aquí, solo dime si es de día o de noche.

La respuesta es un movimiento de la mano para que coma más rápido.

De pronto, alguien irrumpe en la habitación, su mirada da miedo.

—¿Qué pinches haces, cabrón?, ¡te dije que no le hablaras!

—Yo…

—¡Lárgate, pendejo!

El Cuidador sale sin decir palabra. El recién llegado no lo pierde de vista hasta que cruza la puerta, después, se dirige a Fernanda, que enseguida baja la mirada.

—Y tú, te crees muy acá, ¿no? Sé lo que intentas, pero mejor déjate de pendejadas o te vas a llevar un pinche susto, ¿*entendistes*?

Fernanda, temblando, trata de responder:

—Yo solo…

—¡Cállate! A la próxima, te desmadro tu pinche carita.

El secuestrador la mira con lascivia. Fernanda, aterrorizada, no opone resistencia cuando le levanta la barbilla con brusquedad.

—¡Mírame! ¡Que me mires, te digo! Te lo voy a repetir nomás una vez: ¡déjate de pendejadas si no quieres llevarte un pinche susto!

A Fernanda le es imposible no llorar. Si al menos alguien le explicara algo. ¿Cuánto tiempo más tendrá que pasar así?, ¿qué harán con ella cuando consigan el dinero del rescate? No comprende por qué sus padres tardan tanto en pagar. Un escalofrío la recorre: ¿y si su padre está hospitalizado por la impresión? De pronto, asoma el vómito, pero se lo traga. El hombre continúa junto a su cama, observándola de esa forma que la aterra.

—Necesito ir al baño.

—¿En serio o es otro de tus trucos?

—No es ningún truco, yo…

—Tú crees que soy pendejo.

—Por favor, necesito ir, de verdad.

—¡*Pus* ora te aguantas!

—Escúchame, por…

Los espasmos la obligan a callar. Apenas le da tiempo a girarse antes de expulsar un líquido amarillento y agrio. El ardor en la garganta es insoportable.

—¡Qué asco, cochina! De buena gana dejaría que te revolcaras en tu propia mierda, pero seguro que toda la casa apestaría. —Sale a toda prisa y se quita el pasamontañas. A gritos, llama al Cuidador.

—Diga, jefe.

—¿Qué diablos le diste de tragar, pinche Mohicano?

—¿A quién, jefe?

—A la vieja, pendejo, ¿a quién ha de ser?

—Lo que le compramos a doña María, la que vive aquí, a dos cuadras, como dijo Ernesto.

—Pues puso el cuarto como un chiquero. ¡Ándale, ve a limpiar! Tú —señala a alguien—, acompáñalo. Y no hagan una pendejada ahí dentro.

—Sí, jefe, ta bueno.

—Ah, y tápenle los ojos, porque estoy harto de ponerme esta madre. —Les muestra el pasamontañas—. Con el pinche coraje, me dio sed. ¿Vamos a tomarnos una cerveza, primo?

—Pa luego es tarde, ¿que no?

—Ernesto, encárgate de todo. Si hay algún pedo, me llamas.

En cuanto los primos salen, Ernesto llama al Cuidador, que viene de la cocina con una cubeta en la mano. Sin mencionar palabra, lo toma de la pechera y lo sacude con violencia, se yergue para aparentar más altura y se acerca tanto que sus narices se rozan.

—¿Qué te pasa, cabrón, por qué le dijiste que yo te mandé a comprar? —Temblando de miedo, Pancho, alias el Mohicano, guarda silencio—. Eres nuevo en esto, ¿vedá? Pus ahí te va un consejo: aprende a no abrir el pinche hocico, haz nomás lo que te digo.

Alguien del grupo suelta una carcajada y le da un par de palmadas fuertes en la espalda. A pesar del dolor o, quizás, por eso, el novato no se atreve a mirarlo. Lo empuja dentro de la habitación y, sin dejar de carcajearse, le ordena:

—Órale, pendejo, muévete y limpia, o te dan una madriza.

El alboroto ha puesto nerviosa a Fernanda, pero se queda paralizada por el miedo cuando dos tipos la toman de los brazos y la levantan para vendarle los ojos. De nuevo, la amarran al cabecero tubular de la vieja cama. Las náuseas y el dolor de cabeza no cesan. Con timidez, se dirige a ellos:

—Me siento mal, necesito un médico.

Nadie le contesta. Oye que están limpiando.

—Por favor…

Alguien irrumpe en la habitación.

—Ya con una chingada: te callas o también te tapamos el hocico. —Es la voz de Ernesto—. A ustedes ni se les ocurra hablar con ella o se meten en pedos, ¿entendieron? —Oye pasos que se alejan—. Pinches viejas exageradas.

El portazo sobresalta a Fernanda. Por las amenazas de Ernesto, desiste de pedir un médico. El estrés, el cansancio y la debilidad la doblegan. Entre la inconsciencia y el sueño, solo el malestar la devuelve a la realidad de tanto en tanto.

Por la mañana, el Mohicano le lleva el desayuno. Lo que ve hace que suelte la bolsa de plástico.

—Ernesto, Ernesto, ven rápido.

—¿Qué pinches tienes…? —Nada más entrar, se lleva las manos a la nuca y presiona la cabeza con los brazos—. ¡No, no, no! Bruno nos va a matar.

***

Rubén llega puntual al hotel. En cuanto le coloca el micrófono, Álex toma los documentos de la demanda de divorcio y bajan a comprobar que el receptor de audio instalado en el coche de Rubén funciona correctamente. Aunque es temprano, la luz ya los obliga a ponerse las gafas de sol. Cada uno se sube en su coche, dispuestos a cumplir la primera parte del plan.

Faltan diez minutos para las nueve cuando Rubén estaciona en la calle Muños y Álex frente a la oficina de Víctor Aranda. La secretaria lo hace pasar de inmediato.

—Hola, Víctor.

—Álex, ¿cómo estás? ¿A qué se debe tanta urgencia por quedar conmigo?

—Es que quiero contactar con el abogado que se encarga de mi caso, pero no veo sus datos en los documentos.

—Permíteme. —Víctor presiona el intercomunicador.

—¿Sí, señor Aranda?

—Rebeca, ¡localice al abogado Campos!

—El abogado Campos tiene una audiencia de ocho a diez.

—Envíele un recado para que se presente aquí en cuanto termine. Ah, y no me pase ninguna llamada por el momento.

—Sí, señor Aranda, ahora mismo le escribo.

Terminada la comunicación, Víctor se dirige a Álex:

—¿Deseas esperar?

—Quizás sea mejor que vuelva más tarde, así no te entretengo.

—Por favor, tú no molestas. No eres un simple cliente, eres el yerno de Julio Montemayor.

Álex sonríe al notar la ironía, pero Víctor ha pronunciado la palabra mágica para hablarle de los secuestradores.

—Ahora que mencionas a tus clientes, conocí a dos el otro día.

—¿A quiénes?

—Armando Mora y Rafael Juárez.

Víctor se ha puesto pálido y mira de un lado a otro. Por su experiencia en los juzgados, Álex sabe que una persona nerviosa comete errores, así que continúa:

—¿Te pasa algo? Te has quedado blanco.

—¡Por favor, Álex!, son imaginaciones tuyas. —Su voz suena insegura—. Intento recordar, pero esos nombres no me dicen nada.

—¿De verdad? ¿Cómo puedes olvidar a unos clientes tan importantes?

—¿Y tú cómo sabes qué clientes son importantes para mí?

—Bueno, me contaron que los ibas a asesorar en la compra de una gran propiedad.

Víctor se levanta y, sin mirar a Álex, se dirige al minibar. Carraspea un par de veces con el fin de aclarar la garganta.

—¿Quieres tomar algo?

—Agua, por favor.

—¿Agua? Álex, disfruta de la vida un poco.

—Para mí, es demasiado temprano para disfrutar de la vida. —Tras una pausa, sigue—: Oye, ¿también eres especialista en bienes raíces?

—¿Bienes raíces? Ah, te refieres a esas personas que conociste. Bueno, sí, hacemos esos trámites, pero no, ellos no son mis clientes, quiero decir que no aceptamos trabajar con ellos.

—Pues tal parece que perdiste un buen negocio.

—¿En qué te basas para decir eso?

—Si pretenden comprar una propiedad muy extensa, supongo que son millonarios.

—Álex, por favor, ¿viste su ropa, cómo hablan…? Disculpa que me ría con tu comentario.

—Si te buscó es porque puede pagar, pienso yo.

—No todo es cuestión de dinero, la reputación de mi bufete es lo más importante. ¿Cuánto tiempo llevas preguntándome sobre esos dos? Te estás obsesionando, ¿no te parece?

—Solo intento entablar conversación mientras espero.

—Pues hay temas mucho más interesantes, ¿no crees?

—Sí, tienes razón. Será mejor que espere en la sala.

El interfono suena.

—¿Rebeca? —responde Víctor con tono de alivio.

—El abogado Campos ha llamado para informar que la audiencia se prolonga, no sabe cuándo regresará.

—Muy bien, gracias.

—En ese caso, le pido los datos del abogado a tu secretaria y me retiro.

—Álex, una pregunta más. Tengo curiosidad por saber cómo conociste a esos tipos.

Álex evita una sonrisa de satisfacción. Está a punto de confesarle que es amigo de José, pero no lo hace.

—Fue por casualidad, Víctor, una simple casualidad. —Sin decir más, abandona la oficina.

***

Tras la llamada de Ernesto, los primos tardan cinco minutos en llegar a la casa de seguridad. La escena con la que se encuentran es demasiado incluso para ellos. Mauro corre al baño y vuelve el estómago.

Con los brazos atados en forma de cruz, Fernanda tiene la parte alta de espalda apoyada en el cabecero en un ángulo de cuarenta y cinco grados. La pierna izquierda, ligeramente flexionada, y la derecha, recta. Parece que se incorporó para evitar ahogarse con el vómito. El cabello desgreñado le cubre la cara, ladeada hacia el frente. La ropa y las sábanas están manchadas de restos de comida, jugos gástricos y heces. La fetidez es insoportable.

—¿Qué pinches pasó aquí?, ¿qué le hicieron? —pregunta Bruno, furioso.

—Nada, jefe, ya estaba así cuando le traje el desayuno —titubea el Mohicano.

—Maldita sea. ¿Está muerta?

—No sabemos, jefe.

—Pues fíjate. ¡Muévete, pendejo! —Un quejido de Fernanda le da la respuesta—. Mauro, ¡Mauro! Ya deja de lloriquear y ve de volada por un doctor. Procura que no se dé cuenta de a dónde lo llevas.

Mauro ordena a un secuaz que lo acompañe y salen corriendo.

Bruno se dirige a otro de sus hombres:

—Desamárrala. —El interpelado traga saliva y le ruega piedad con la mirada—. ¡Ándale, cabrón!, ¿a qué esperas?

—¡Ayúdame! —le pide al Mohicano.

—¡Joder! Con los dos no se hace uno, ¡en serio!

—Jefe, ya viene mi vieja y su cuñada para limpiar ese desmadre —interrumpe Ernesto.

—¡Vaya, por lo menos uno que piensa! —Hace una pequeña pausa—. Con tu vieja no hay tos, pero ¿puedes confiar en su cuñada?

—Sí, jefe, no se preocupe.

—Oye, ¿tu mujer querrá quedarse a cuidarla? Porque estos güeyes la van a matar.

—A su cuñada seguro que le interesa el trabajo.

—Ta bueno, habla con ella.

Las mujeres llegan con todo lo necesario. Están acostumbradas a situaciones similares, como cuando se emborrachan sus respectivos maridos. También bañan a Fernanda con agua fría para bajarle la fiebre.

Cuando Mauro aparece con el doctor, Fernanda, vestida con ropa de la esposa de Ernesto, ya se encuentra en otra habitación.

—¿Y esa quién es? —pregunta Bruno, sorprendido.

—*Pus* la enfermera.

—Pinche Mauro, haberte traído el hospital completo. Quítales las capuchas.

El médico, aterrado, mira en rededor. La enfermera se cubre el rostro y solloza.

—Disculpe las formas, doc, pero mi familia está amenazada y no podemos permitir que nadie descubra dónde vivimos. —Bruno se dirige a la enfermera—: No se preocupe, de verdad, no les va a pasar nada, solo quiero que cure a mi esposa, está ahí. —Señala la habitación—. Por favor, pase a verla.

El doctor asiente y entra en compañía de la enfermera, que no cesa de llorar. Bruno le indica a Ernesto que los vigile.

—¿Los vamos a dejar aquí? —le pregunta Mauro.

—¡Claro que no! Cuando terminen, les doy una buena lana y los llevas de regreso.

—¿Y si los matamos? —Esa siniestra sonrisa aparece de nuevo en su rostro.

—Mauro, no podemos ir matando gente, así como si nada.

—Pero ¿y si avisan a la policía?

—No te preocupes, estoy seguro de que no lo harán.

El celular de Bruno, que se encuentra en la mesa, empieza a sonar. Mira la pantalla y hace un gesto de fastidio. «Esto me faltaba».

—Abogado, ¿qué se le ofrece?

—Necesito hablar contigo.

—*Pus* si quiere, voy de volada para allá.

—¡No, Bruno! Ustedes ya no deben presentarse en mi oficina.

—Ta bueno, abogado, pero dígame por qué.

—Por sus pendejadas, ¿por qué ha de ser?

El abogado no utiliza palabras malsonantes, que lo haga ahora le hace pensar que pasa algo grave.

—De veras que no sé de qué habla.

Al otro lado de la línea, Víctor Aranda respira hondo antes de continuar:

—Álex Quintero estuvo aquí y me contó que se conocieron.

—¿Quién conoció a quién? No entendí.

—¡Ustedes, Bruno, ustedes y Álex Quintero! Joder, ¿en qué idioma te tengo que hablar?

—¿Quién es ese?

—¡Álex Quintero, el abogado con el que hablaron de la compra del rancho!

—¡Yo no conozco a ningún Álex Quintero ni he hablado con nadie!

—Y Mauro, ¿tampoco lo conoce?

Bruno pregunta a su primo.

—Dice que no.

—Bruno, ¿quién estuvo presente cuando el ranchero firmó la oferta?

Ernesto se para frente a Bruno y con un gesto le indica que quiere decirle algo. Bruno, con otro gesto, le pide que espere.

—*Pus* nomás él y uno de sus trabajadores.

—¿Estás seguro?

—Sí, abogado, segurísimo.

—Está bien. Bruno, no olvides que ya no pueden venir a mi oficina. Para cualquier cosa, yo me comunico contigo.

Bruno cuelga y se dirige a Ernesto:

—¿Qué pasa?

—El doctor necesita esto. —Le tiende la receta.

—¿Y a mí qué me dices? Manda a alguno de esos inútiles a comprarlo, ¿o ni eso saben hacer? Apúrense, que si la pinche vieja se muere, nos metemos en una bronca y bien gruesa.

***

Álex es el primero en llegar al hotel. Estaciona en un lugar con sombra y permanece en el coche. Cinco minutos después, Rubén aparca a su costado y toma el receptor de audio.

—¿Crees que la grabación sirva de algo? —pregunta el policía al subir en el coche de Álex.

—No lo sé, pero tengo claro que Víctor está involucrado en el secuestro.

—¿Qué te da esa seguridad? Bien puede ser como dice: ellos solicitaron sus servicios, y él los rechazó.

—Si hubieras visto su reacción cuando mencioné a los tipos esos, no pensarías lo mismo. Se puso bastante nervioso.

—Mientras te esperaba, vi que el coche de los secuestradores se había movido. Fueron a Anillo Periférico, pararon entre los números 1031 y 1042 alrededor de diez minutos y regresaron a la colonia Pedro Moreno. Media hora después, repitieron ese recorrido.

—Hay que averiguar quién vive en esa área.

—Ya lo hice, Álex, y son establecimientos de todo tipo: tintorería, farmacia, panadería, consultorio, electrodomésticos… En total, catorce negocios repartidos a ambos lados de la avenida.

—Pues vayamos a ver.

—Paremos antes a imprimir una de las fotos que les tomé a esos desgraciados.

El trayecto les lleva casi veinte minutos. Álex se encarga del lado izquierdo de la calle. El número 1031 es la tintorería, no cree que sea el lugar que visitaron, pero entra para comprobarlo. El 1033 es un negocio de celulares. La respuesta es la misma: el dependiente nunca ha visto a los tipos de la foto. El 1035 es una florería y ni siquiera pregunta. El siguiente es un consultorio. Al entrar, encuentra la recepción vacía, pero escucha una voz de hombre que trata de tranquilizar a alguien. Se acerca a la consulta y ve al médico de pie frente a una mujer que llora.

—Buenos días. —Los dos se sobresaltan—. Perdón, no pretendía asustarlos, pero como la puerta está abierta…

—El consultorio está cerrado —dice el hombre.

—¿Le puedo ayudar en algo? —pregunta Álex a la mujer.

—No hace falta, ahora salga, por favor —responde, de nuevo, el médico.

—Como usted diga, permítame hacerle solo una pregunta y me marcho.

—Será mejor que regrese en otra ocasión o busque otro médico.

Álex no espera más:

—¿Conoce a estos hombres? —Les muestra la foto.

La reacción de ambos le confirma que ahí es donde estuvieron los delincuentes. Ninguno contesta, la enfermera estalla en llanto otra vez. Álex espera pacientemente. Por fin el médico habla:

—¿Es usted policía? Nosotros no… Bueno, ellos, nosotros solo…

—Por favor, tranquilícese, no soy policía. —Le enseña la identificación de la Secretaría de Educación Pública—. Si me deja, le explico de qué se trata, y así comprobará que no tiene nada que temer. Por favor, escúcheme. —El sonido del celular lo interrumpe—. Disculpe un momento. —Baja la voz—: ¿Sí? (…) Si no te importa, espérame en el auto. Llego enseguida. —Se dirige al médico—: Es un amigo que me está ayudando a encontrar a los hombres de la foto.

El hombre lo mira indeciso.

—Debo cerrar la puerta primero.

—Sí, por supuesto —responde Álex.

Al cabo de un minuto, el médico regresa. Con una seña, le indica que espere y va hacia la enfermera. Le tiende la mano y la lleva a la camilla. La mujer se acurruca y enseguida se queda dormida. La mirada de Álex delata su confusión.

—Le di un calmante. —Suspira—. ¿De verdad es maestro?

—En realidad, soy abogado, pero ejerzo como maestro.

Nota que el doctor se relaja.

—Bueno, voy a confiar en usted, lo escucho.

Sin entrar en detalles, le explica las sospechas de que esos tipos son secuestradores y por qué no han avisado a la policía.

—Mire, hoy en la mañana vinieron dos hombres y, a punta de pistola, nos cubrieron la cabeza y nos llevaron no sé a dónde.

—Lamento que hayan pasado por una experiencia así.

—Fue horrible.

—Esos tipos ¿son los de la foto?

—¿Me permite verla otra vez? —Álex se la tiende—. Sí, este es uno de los que vinieron. —Señala a Mauro.

—¿Por qué los obligaron a acompañarlos?

—Porque la esposa de este —ahora señala a Bruno— está enferma y quería que la atendiéramos. Nos contó una historia rara de que los tenían amenazados, pero lo que más me extrañó es la cantidad exagerada que nos pagaron.

—¿Me podría decir cómo es la esposa de ese individuo?

—Calculo que tiene unos treinta y tantos años, delgada, de pelo negro.

—¿Había más personas allí?

—Seis hombres y una mujer, que, al parecer, es quien cuida de la enferma. ¿Sabe? A pesar de las condiciones en que está, me dio la impresión de que no pertenece a ese mundo, y habla usted de un secuestro… —El doctor guarda silencio, frunce el ceño y ladea la cabeza.

—¿Le pasa algo?

—¡La mujer! Le vi marcas en ambas muñecas. ¡Ahora lo entiendo! ¡Había estado amarrada!

—Por favor, dígame: ¿es grave lo que tiene?

—¿Cree que se trata de la persona que busca?

—No solo lo creo, estoy seguro.

—Bueno, la encontré deshidratada y débil, con problemas estomacales y fiebre, pero se pondrá bien, no se preocupe.

—¿Pudo hablar con ella?

—No, estaba semiinconsciente.

—¿Podría describirme la casa?

—¿La casa? Solo la vi por dentro.

—Lo poco que haya visto nos puede servir mucho.

—No me fijé, por los nervios…

Le esboza la distribución de la parte que recuerda.

—No sabe cuánto se lo agradezco, doctor. ¡Usted hoy salvó una vida, créame! Ya no le quito más tiempo. Espero que pueda olvidar muy pronto esa mala experiencia.

Rubén se alegra al escuchar la buena noticia y llaman a Max para informarle de los avances. Acuerdan que Álex se persone como abogado de la familia Navarro para presentar la demanda ante la Fiscalía Especial de Investigación para la Atención del Delito de Secuestro, así tratarán todo directamente con él. José no debe enterarse.

Capítulo 16

Víctor Aranda no se ha movido de su escritorio desde que Álex se marchó. Se pregunta cómo consiguió la información, aunque eso ya no importa: el yerno de Julio Montemayor debe desaparecer. Está a punto de divorciarse y su familia política lo detesta. Según le contó Martha, sus padres ya fallecieron y su única familia vive en Sonora, pero no se frecuentan, así que nadie lo extrañará. Actuará de inmediato o todo se irá al diablo. Toma el teléfono y marca un número.

—Martha, ¿cómo estás?

—Bien, Víctor, gracias, espero que tú también. ¿A qué se debe esta llamada?

—Necesito la dirección de tu marido para enviarle un documento, pero él no me atiende al teléfono.

—¿Te refieres a Álex Quintero?

—Está bien, corrijo: Álex Quintero.

—Mencionó el nombre del hotel donde se hospeda, pero no me acuerdo.

—No te preocupes, yo espero, haz memoria.

—Bueno, también puedes mandárselo a ese agujero inmundo donde, según él, es muy feliz.

—Martha, discúlpame, no entiendo de qué hablas.

—¡Hablo del lugar donde trabaja!

—¡Ah, ya!, pero está de vacaciones, ¿no?

—Sí, pero se la pasa metido en el rancho de su amigo ese… José Navarro.

—¿A quién te refieres?

—Víctor, te conté de él la noche que te pedí que te encargaras de mi divorcio.

Los recuerdos de la fiesta en casa de Julio le llegan como un torrente de agua. ¿Es una casualidad que coincida el nombre del dueño del rancho o se trata de la misma persona? Por un momento, enmudece y se recrimina a sí mismo haberse olvidado de esa charla. Tuvo la información desde el principio y no se dio cuenta.

—Víctor, ¿sigues ahí?

—Sí, Martha, me quedé pensativo, discúlpame.

—Ya me acordé: hotel Hacienda Inn, pero no sé la dirección.

—Con el nombre es más que suficiente, gracias, Martha. Te llamaré en cuanto tenga novedades sobre tu divorcio.

En cuanto cuelga, le pide a la secretaria que le cancele las citas porque se ausentará todo el día. Deprisa, se dirige al centro. Estaciona en el subterráneo de la plaza de los Fundadores, a veinte metros de su destino, en la plaza de la Tecnología. Sube al segundo piso, se detiene en medio del corredor atestado de gente y se decide por un negocio del lado derecho. Se desespera con las preguntas del dependiente, a él le dan igual la marca y el precio. Lo único que le importa es comunicarse con sus incondicionales sin que quede rastro que lo relacione con ellos. Es una gran ventaja que la ley no obligue a registrar los móviles. El dependiente enciende el teléfono, le explica un par de cosas y le da la tarjeta donde está escrito el nip y el número. Víctor Aranda le paga en efectivo y sale del edificio. Se sienta en una banca, toma su celular de la bolsa interior de su saco, busca el número de Bruno y lo envía al que acaba de adquirir. Después de comprobar que lo ha hecho bien, borra todo lo relacionado con los primos, y desde el celular nuevo realiza la llamada.

—¡Abogado, es usted! Perdón por tardar en responder, pero no conocía el número.

—Sí, soy yo. A partir de ahora, me llamas a este. Guárdalo con el nombre que se te antoje, menos con el mío, y borra mis otros números.

—Ta bien, abogado, ya entendí.

—Bruno, te voy a preguntar algo y quiero que me respondas la verdad: ¿seguro que nunca has hablado con Álex Quintero?

—Le repito que no conozco a ningún Álex Quintero y no he mencionado a nadie lo de la compra del rancho.

—Está bien. Necesito el número del ranchero.

—¿Se refiere al que le vamos a comprar el rancho?

—¿Conoces a otro ranchero que pueda interesarme?

—No, abogado, ninguno. Ahora mismo se lo mando.

—¿Cómo está todo por allá?

—Bien, no se preocupe.

—¿Y la hija del ranchero?

Bruno se pone nervioso.

—Está muy bien, abogado. Pusimos a una mujer pa atenderla, pa que vea que la cuidamos.

—Supongo que esa mujer es de tu confianza. —Continúa sin esperar respuesta—: Envíame rápido lo que te pedí y no te despegues del teléfono.

Víctor Aranda llama al ranchero en cuanto recibe el número.

—¿Bueno?

—Buenas tardes, ¿con quién hablo?

—Soy José Navarro, ¿quién es usted?

—Disculpe que no me haya presentado: soy Manuel, un amigo de Álex, Álex Quintero.

—¿Le pasó algo a Álex?

—No, no se preocupe. Creí que podía estar con usted.

—Mire, espero una llamada importante, así que le ruego que lo llame directamente a su celular, por aquí no vino.

—Bueno, probé con su celular, pero no responde, y como me dijo que ustedes son muy buenos amigos, me atreví a llamar. Disculpe, ya no lo molesto más.

Víctor cuelga y se queda pensativo. Se pregunta una y otra vez cuánto sabe Álex. Quizás, el ranchero solo le haya dicho que va a vender el rancho, pero también es posible que esté enterado de todo. La serenidad con la que actuó en su oficina lo hace dudar. ¿Acaso es tan buen actor? No puede arriesgarse a perder lo que ha logrado hasta ahora. En la guerra como en la vida, siempre hay daños colaterales. A pesar de que su trato ha sido mínimo, le da un poco de pena. Sacude la cabeza. En un asunto como este, no hay lugar para sentimentalismos.

***

El sonido del celular rompe el silencio reinante en la casa de seguridad. Bruno mira la pantalla y responde rápidamente.

—Abogado, ¿pa qué somos buenos? (…) Es que lo guardé. (…) No, puse Armando Mora. —Ríe—. (…) Sí, sí, dígame. (…) ¿De verdad? (…) Sí, sí, solo era una pregunta. (…) ¡Delo por hecho! (…) Sí, lo haremos lo más pronto posible. (…) No se preocupe, todo saldrá bien, adem… Bueno, bueno, ¡colgó!

Muerto de aburrimiento, Mauro quiere ir a su casa para echar una partida a uno de esos videojuegos que tanto le gustan, pero Bruno no se lo permite. Cuando se entera de lo que les ha encomendado Víctor Aranda, se pone feliz. Por fin va a hacer algo con lo que disfruta. El *encargo* ya puede contar sus días, mejor dicho, sus horas. Suelta una carcajada diabólica que le hiela la sangre a todos, incluido a Bruno.

—A ver, enséñame la foto que te mandó el Víctor.

—Mauro, sabes que no quiere que lo llamemos por su…

—Ya, pues, la foto que te mandó *el abogado*, ¿mejor?

Bruno le da el celular.

—¿Quién es este güey?

—No tengo ni idea, solo sé el nombre: Álex Quintero.

De pronto, Mauro pega un grito:

—¡Ya sé quién es!

—¿Lo conoces? —pregunta Bruno, sorprendido.

—No, ¿cómo crees?, pero ya me acordé. —Señala la pantalla—. Es el güey que casi me tumba en la oficina del abogado. Míralo bien.

—Sí, creo que tienes razón. —Levanta los hombros—. *Pus* algo ha hecho pa encabronar al abogado.

—*Ales* Quintero —repite Mauro—. Seguro que este es un güey bien importante pero igual de transa que el abogado, ¿que no?

—¿Por qué lo dices?

—Porque es la primera vez que el Víc… el abogado nos pide algo así.

—Es verdad, pero creo que no será la última.

—Bueno, pa'l caso es lo mismo: se va a morir, y a lo mejor hoy mismo, ¿que no?

—¡No, Mauro, no! Hoy lo espiamos, solo eso.

—Tú dijiste que *el abogado* quiere el trabajo rápido, ¿que no?

—Sí, ¡pero también dijo que lo hiciéramos bien!

—Bueno, ya. ¿A qué hora nos vamos?

—Espera que organice un poco aquí.

Decide que Ernesto los acompañe, necesitarán de él si se presenta la oportunidad de acabar con el *encargo* hoy mismo. Todo está bajo control, no hay motivos para pensar que pasará algo en su ausencia. Tres de los hombres se quedan en la casa y la cuñada de Ernesto cuida de la prisionera.

***

No ha sido fácil tramitar la demanda del secuestro sin autorización de un familiar directo, pero escuchar que deben esperar hasta que el Ministerio Público autorice la orden de allanamiento y aprehensión ha supuesto un balde de agua fría.

Ha sido un día agotador, Álex se dirige al hotel para descansar. Hay un gran evento en la zona y avanza despacio entre la multitud de coches. Al fin, encuentra el último lugar libre al final del estacionamiento, en el área que no está alumbrada, a unos cuantos metros de las obras de ampliación del hotel. No se percata de que tres hombres lo vigilan.

—¿Lo viste? Ese es el coche que dijo el abogado, ¿no, Bruno?

—Sí, pero asegurémonos de que maneja el güey que buscamos.

—*Pus* si ese es el coche, entonces también es el futuro difunto, ¿que no?

—Pinche Mauro, ¿cómo puedes hacer chistes de todo? —pregunta Bruno.

—No es chiste, es la neta, ¿que no? —Se carcajea.

—Cállate, que te va a oír. Ya se ha detenido.

Álex baja del coche y lo cierra con llave. Mira hacia la construcción, que parece un castillo en ruinas iluminado por la luna solo cuando las nubes lo permiten. Permanece ahí, fascinado por el tamaño y la arquitectura del inmueble. Unos cuantos coches lo separan de su destino.

Bruno observa el hotel. Desde la entrada principal, es imposible que los vean. No hay cámaras de vigilancia cerca. Sonríe. Es el lugar perfecto.

—Si es Álex Quintero, hoy mismo acabamos en encargo. —Saca la pistola, pero no llega a colocar el silenciador porque Mauro ya camina hacia él.

—Buenas noches, *Ales*.

—Buenas noches, ¿nos conocemos? —Las nubes siguen con su caprichoso juego y en ese momento cubren la luna. No logra ver de quién se trata, pero reconoce la voz y retrocede instintivamente.

—Tranquilo, *Ales*, te va a doler pero te gustará, ¿que no? —Se carcajea Mauro.

Álex distingue dos siluetas más que se acercan a toda prisa, una de ellas, pistola en mano.

—Mauro ¿qué haces? Últimamente te portas como un pinche loco.

Bruno mira a su primo con coraje, y Álex aprovecha para desarmarlo de una patada. Otra impacta en la rodilla de Ernesto, que cae al suelo gritando de dolor. El puñetazo de Mauro lo hace trastabillar, el coche a sus espaldas evita que se desplome. Aturdido, tampoco logra esquivar el gancho que Bruno le lanza al costado. Mauro toma vuelo para volver a pegarle, dejando al descubierto su rostro, y Álex, sobreponiéndose al dolor en el hígado, le golpea en la nariz, que cruje y da paso a un torrente de sangre. Álex toma aire, pero ya tiene a Bruno encima, intentando derribarlo. Con un rodillazo en la entrepierna, se zafa de él. Bruno, adolorido, exige la pistola que Ernesto busca por el suelo. Mauro, hecho una furia, le propina puñetazos y patadas a diestra y siniestra y acaba aferrándose a su cuello para estrangularlo. Álex busca de nuevo su nariz y golpea hasta tres veces. Mauro se cubre la cara con ambas manos, maldiciendo. Álex sabe muy bien dónde y cómo golpear para infligir dolor, sin embargo, sus agresores están acostumbrados a las peleas callejeras, tiene que ser más contundente. Ernesto, al ver a los dos primos fuera de combate, cojea hacia él y le inmoviliza el brazo, pero Álex, con increíble habilidad, le aplica una llave y le fractura la muñeca. Bruno consigue incorporarse y tira con tanta fuerza de su hombro que lo hace caer sobre unos tablones apilados entre dos coches. Los primos, a base de patadas, impiden que se levante. Cuando al fin Álex deja de revolverse, Mauro sonríe, satisfecho. Bruno exige a Ernesto que encuentre de una vez la pistola.

—¿Pa qué?, si ya se petateó, ¿que no?

—Debemos asegurarnos. Ayuda a Ernesto.

—A ver, pinche inútil, ¿qué haces aquí?, la pistola cayó por allá.

Ernesto sigue a Mauro, quejándose.

—Apúrense con una chingada —ordena Bruno.

—Pinche Mauro, está bien oscuro y no se ve ni maíz. Mejor rómpele la cabeza con una piedra y vayámonos de aquí.

Bruno observa en rededor, pero no ve nada que pueda utilizar. Para cuando se entera de que Álex se ha puesto en pie, los clavos de una tabla ya están insertados en su pantorrilla derecha.

—Ahí está, ahí está. —Ernesto señala la pistola debajo de un coche.

—*Pus* agárrala, cabrón.

Los gritos de Bruno hacen que se giren. Levanta la pierna en un intento de desprender la tabla, pero pierde el equilibrio y cae de espaldas. Se tapa el coxis con la mano derecha y extiende las piernas para disminuir el dolor, pero lo único que consigue es que la tabla golpee el suelo y los clavos le causen más daño.

—¡Mauro, Mauro, apúrate, que se escapa el hijo de su puta madre! —grita Bruno al ver que Álex busca refugio en la construcción—. Corre y mátalo.

Mauro le arrebata la pistola a Ernesto.

—Ta bueno, ese güey se va a enterar de quién es Mauro Méndez.

Se interna en el inmueble en obras. Arrastra los pies para no tropezar.

—*Ales*, ¿a que estás que te meas de miedo? —Continúa sin esperar respuesta, pues sabe que no la habrá—: Me gusta este juego, ¿a que tú también lo jugaste cuando eras chico? Pero sin pistola. —Se carcajea y dispara—. *Ales*, dime dónde estás y no te haré sufrir. Si me obligas a buscarte, huy, huyuyuy, sufrirás mucho. —Ríe y dispara nuevamente. En ese momento escucha los gritos de Ernesto, que le pide que regrese. Se asoma—. ¿Qué quieres? ¿No ves que todavía no lo he encontrado?

—Tenemos que marcharnos, la gente empieza a salir y van a descubrirnos.

—¿Dónde está Bruno?

—Ha ido por el coche.

—¿A poco lo vamos a dejar que se escape?

—Mauro, mira cuánta gente hay en el estacionamiento.

—Dame cinco minutos, y acabo con él.

—¿Cómo lo vas a encontrar si ahí adentro está bien oscuro?

Bruno aparece con el coche:

—¡Vámonos! —le ordena a Mauro.

Ernesto y Mauro toman asiento en la parte trasera.

—¿Qué hacen, par de pendejos, a poco creen que yo voy a manejar? Apenas pude traerlo.

—Bruno, yo no me veo capaz, el dolor de la muñeca es insoportable —responde Ernesto.

Mauro lo mira con recelo:

—¡Ya, pinches chillones, manejo yo! —dice mientras cambia de asiento.

Desde una de las ventanas de la construcción, Álex observa como los secuestradores se marchan. Los dolores se intensifican a cada paso, pero tiene que salir de ahí. Cuando regresa al estacionamiento, el lugar le resulta desconocido, tarda en orientarse. La gente, al verlo, se aparta, asustada. Le cuesta encontrar a alguien que lo ayude, el trayecto hasta el hotel se le hace eterno.

En la entrada, una de las recepcionistas lo reconoce y rápidamente llama al médico. Pide a dos empleados que lo acompañen a su habitación. Lo recuestan en la cama. No han pasado ni tres minutos cuando llaman a la puerta, pero no esperan respuesta y entran de inmediato. Se trata del médico y el gerente del hotel.

—Buenas noches, señor Quintero. No le pregunto cómo está porque es obvio. Doctor, por favor.

—Buenas noches, soy el doctor Álvarez. He escuchado que se apellida Quintero, ¿me puede decir su nombre y dónde se encuentra? —Con sumo cuidado para no lastimarlo, le abre el párpado del ojo herido y lo inspecciona con una linterna.

—Buenas noches, doctor. Mi nombre es Álex, Álex Quintero, estamos en el hotel Hacienda Inn, en la carretera federal 57.

Lo primero que hace el médico es suturarle la ceja partida con cuatro grapas para que deje de sangrar. Después, inicia el reconocimiento. Saca el estetoscopio y le ausculta el pecho. Le toma el pulso, le revisa las contusiones y los cortes, y tras percutir el tórax y el abdomen, concluye que no parece que haya fracturas, sin embargo, le recomienda que acuda a un hospital para que le realicen unas radiografías.

—No es necesario, doctor, son solo golpes. Las molestias desaparecerán con unos analgésicos.

—Pero, señor Quintero, cabe la posibilidad de que sufra lesiones internas.

—¡Escuche al doctor, es por su bien! Además, su ojo se ve bastante mal —dice el gerente.

—Es por la sangre que brotó de la ceja y la inflamación. Pero, por suerte, no recibió el golpe directamente en el ojo —explica el médico.

—Si tuviera heridas internas, ya estaría…, no sé, inconsciente o sangrando por boca y nariz, ¿no?

—No tiene por qué. Sin unas radiografías, es difícil descartarlo. Pero usted es adulto y respetaré su decisión. Eso sí, debe firmar una carta de responsabilidad.

—Claro, doctor, no se preocupe. He de ocuparme de algo importante mañana, pero, en cuanto termine, yo mismo me hospitalizo si es necesario.

—Señor Quintero —interviene el gerente—, la policía está en camino para hacerle unas preguntas. Lo siento, pero usted ha sufrido la agresión dentro de la propiedad del hotel y es un proceso que debemos seguir.

—Por supuesto, lo que más deseo es que detengan a esos delincuentes.

—Si me permite —dice el médico—, voy a continuar con mi labor para que usted pueda descansar.

Le pone una inyección contra el tétanos, desinfecta los cortes, embadurna las contusiones con un gel antiinflamatorio y le da unos analgésicos.

Alguien llama a la puerta cuando Álex está por firmar la carta de responsabilidad. Es la policía.

La declaración dura aproximadamente media hora. Álex explica el suceso, lo único que no menciona es que conoce a sus agresores. Aún no es conveniente que la policía se entere de ese detalle. En el acta queda registrado que fue un intento de asalto con violencia por parte de tres desconocidos.

En cuanto se marchan, Álex cubre las heridas con las gasas plásticas, tal y como se lo indicó el doctor, toma un baño de agua caliente y se va a dormir.

Después de una noche dolorosa en la que duerme poco, el día empieza con la típica tormenta veraniega y baja al restaurante a tomar un café con las gafas de sol puestas. Las miradas curiosas de los huéspedes lo incomodan, pero ni así se las quita. Imagina el espectáculo que dio la noche anterior, seguramente, algunas de esas personas lo vieron. Con el ojo cerrado por la inflamación, le cuesta leer el periódico. El café caliente le recuerda la herida en el labio inferior, así que retira la taza y sube a su habitación. A las nueve, Max lo llama para informarle que deben presentarse a las dos de la tarde en Seguridad Pública del Estado, cerca del centro histórico, para ratificar la declaración y demanda de secuestro. Así, el juez autorizará el allanamiento del domicilio en el que presuntamente retienen a Fernanda.

Aún faltan veinte minutos para la cita cuando los tres amigos se encuentran en la entrada del edificio. Los ojos de Max y Rubén se desorbitan al ver a Álex.

—¿Qué te ha pasado? —pregunta Max.

—¡Anoche recibí la visita de los secuestradores!

—¿De los secuestradores? —responden a coro.

—Sí, cuando nos despedimos —mira a Rubén—, regresé al hotel, y ellos ya me estaban esperando.

—¿Cómo saben de ti?

—Max, la explicación es muy sencilla: Víctor Aranda.

—¿Quieres decir que esta golpiza es el resultado de tu encuentro con él?

—Así es, aunque no recuerdo haberle dicho dónde me hospedaba.

—Alex, ten cuidado, que les haya pedido a esos tipos que te golpearan...

—La orden que Víctor les dio fue ¡matarme!

—¿Estás seguro?

—Sí, completamente.

—Es el hombre de confianza de tu suegro, ¡no lo puedo creer!

—Conociendo los rumores sobre Víctor, a mí no me extraña.

—Una pena no tener pruebas para demandarlo a él directamente, pero sí podrás hacerlo con tus agresores.

—Será un agravante más en su lista de fechorías. Ahora subamos, que se hace tarde.

Llegan al tercer piso, donde se encuentra la Fiscalía Especial de Investigación para la Atención del Delito de Secuestro.

—¡Buenos días, Ramón! —Max saluda al fiscal.

—¡Max, qué gusto verte! ¿Qué te trae por aquí?

—Soy refuerzo oficial en la demanda de secuestro con número de oficio... —Max le indica las dos letras y seis dígitos con los que se ha registrado el caso.

—Así que se trata de eso. ¿Sabes?, debería reclamarte, porque solo te acuerdas de mí cuando te metes en problemas. —Sonríe.

—Lo mismo digo. —También sonríe—. Te presento a un gran amigo: Álex Quintero, representante legal de la familia afectada, y a Rubén Ramírez, policía de investigación y apoyo directo en el caso.

Después de darles la mano, no puede evitar dirigirse a Álex.

—¿Estás bien?

—Sí, todo bien, gracias.

—¿Lo que te ha pasado tiene que ver con el secuestro?

—Es posible.

—Supongo que ya te checó un médico, eso se ve reciente.

—En efecto, y no es tan grave como parece.

El fiscal sonríe y les pide que tomen asiento mientras llama al jefe de operaciones de la Unidad Antisecuestro del Estado. Cuando llega, Ramón les explica el procedimiento. Ellos, al ser policías, participarán como refuerzo en la detención, pero Álex es un civil y no debe estar presente.

—No se preocupen, en estas condiciones, tampoco sería de gran ayuda. Intentaré distraerme, a la espera de que me den la buena noticia de que han liberado a Fernanda. ¡Suerte!

Capítulo 17

A las dos de la mañana, doce agentes de la Unidad Antisecuestro, repartidos en cuatro vehículos, se dirigen a la colonia popular Pedro Moreno. Max viaja en el mismo vehículo que el jefe de operaciones; Rubén, en la segunda unidad del convoy.

En coche, solo es posible entrar por la avenida Benito Juárez, una terracería que une por ambos extremos a la calle Nicolás Zapata, bordea la parte oeste y la separa de la extensa área de matorrales que antecede al Cerro Grande. Los automovilistas que circulan por la calle Nicolás Zapata ni siquiera ven la colonia.

Dos unidades entran por el sur de la avenida Benito Juárez y otras dos por el norte. La primera avanza unos doscientos metros, gira a la izquierda y se introduce en el laberinto de calles que conforman la colonia. El recorrido de las otras dos unidades es menor antes de dar la vuelta hacia la derecha. Su intención es cerrar las dos posibles vías de escape.

La casa se seguridad es la segunda desde la esquina izquierda. Se detienen a una cuadra de distancia y continúan a pie. La calles a esa hora se encuentran vacías y oscuras. Solo un hombre de unos treinta años y peinado estrafalario intenta pasar. Explica que viene de una fiesta y que se dirige a su casa, situada en la siguiente calle a la izquierda. El agente duda; al final, le ordena que busque otro camino, que ese está cerrado. Sin responder, el hombre regresa por donde ha venido y gira a la derecha.

Los agentes comienzan el operativo. Ocho escalan las casas colindantes al número 24 y se posicionan de forma estratégica. Desde el techo, un agente observa la vivienda y le aclara la distribución al jefe del operativo: el portón da a un patio bastante amplio y la casa cuenta con una puerta en el centro y dos ventanas grandes. Enfrente de la entrada hay un coche de modelo reciente. En el costado izquierdo, dos ventanas y otro auto, al parecer, en desuso. En el lado derecho, otras dos ventanas. No hay vigilantes, todos se encuentran dentro. Desconocen si alguien los ha avisado y los están esperando o si se confían demasiado. En cualquier caso, siguen siendo peligrosos, así que deben actuar con rapidez y precisión. Una vez de acuerdo, ocupan sus puestos. El agente que lleva un ariete revienta puertas se pone a la altura de la entrada. Otros dos, en la ventana del lado derecho para llegar hasta la habitación del fondo que no tiene ventanas, donde presuntamente retienen a Fernanda, según el testimonio del médico que la atendió. Los demás se distribuyen en las ventanas restantes. Afuera, dos agentes, con un ariete de mayor tamaño, se disponen a echar abajo el portón. A ese lado están el jefe del grupo, un agente y Max; en el otro, dos agentes más y Rubén. Se colocan el visor nocturno y un agente baja el interruptor de la electricidad. En ese momento, el jefe de grupo da la orden para actuar. Con una coordinación y agilidad asombrosas, los del techo bajan y lanzan una bomba lacrimógena por cada ventana. Los de la calle, fuerzan el portón y entran a la propiedad.

En la sala, que está junto a la puerta principal, dos secuestradores gritan y disparan hacia las ventanas. Segundos después, uno de ellos cae sin vida sobre el sofá, el otro tira la pistola y levanta las manos. En la segunda habitación, al lado derecho, está Ernesto. Se incorpora de la cama con dificultad, se cubre la boca y la nariz con la camisa y pega la espalda a la pared, con las piernas separadas, la cabeza hacia atrás y los ojos cerrados, no opone resistencia. Como tiene el brazo derecho enyesado, los agentes le esposan las piernas.

En la primera habitación no cesan los disparos. Bruno está dispuesto a vender cara su derrota. Se ha arrodillado junto a la cama, que le protege de los ataques que los agentes realizan desde la ventana, pero cada segundo que pasa le arden más los ojos y apenas ve. Cuando la puerta cede a la embestida de los agentes, se gira hacia allí y dispara a ciegas. Su acción lo deja al descubierto y un proyectil disparado desde la ventana le impacta en el cuello, ocasionando severas lesiones pulmonares, vasculares y neurológicas. Otro más se le incrusta en el costado izquierdo.

Desde el primer disparo hasta la muerte de Bruno han transcurrido poco más de cinco minutos.

Según las informaciones, la casa estaba ocupada por seis hombres y una mujer. Hasta ahora, hay dos muertos y dos detenidos. Solo falta registrar la habitación del fondo. Si Fernanda se encuentra ahí, seguramente no está sola. Mientras dos agentes custodian a los detenidos y esperan a que lleguen las unidades, el resto del grupo, en compañía de Max y Rubén, flanquean la entrada. Un agente aporrea la puerta:

—Policía, salgan con las manos en alto. —Al no recibir respuesta, prueba otra vez—: Policía, ¡abran la puerta!

Pero tampoco contestan. Se disponen a entrar por la fuerza cuando la puerta se abre despacio. Asoma una mujer de unos treinta años, vestida humildemente. Tiembla de pies a cabeza y está a punto de romper en llanto. El agente que ha llamado la obliga a salir. Le pide que se ponga cara a la pared con los brazos en cruz y las piernas separadas. Mientras revisa que no lleve armas, le pregunta cuántas personas quedan en la habitación. Con voz entrecortada responde que solo una mujer. El agente le indica a Rubén que se haga cargo de ella. Max empuja la puerta para abrirla de par en par. En el lado derecho, encuentra una mujer acostada en una cama, con una venda en los ojos y los tobillos atados. Al comprobar que no hay nadie más, el jefe ordena restablecer la luz y entran para prestarle ayuda. No responde a las preguntas ni muestra síntomas de ser consciente de lo que pasa en rededor.

—Álex, soy yo, Max. (…) Tranquilo, todo ha salido bien. (…) Sí, seguramente es ella. (…) Bueno, débil y desorientada. Acaba de llegar la ambulancia. (…) Te repito que está bien; no, no la han golpeado. (…) No lo sé, ahora mismo pregunto, permíteme… —Max se dirige a los sanitarios que atienden a Fernanda—. Álex, la trasladarán a la clínica 52, en Morales. (…) Perfecto, ahí nos vemos.

Durante el transcurso de la llamada, la casa de seguridad se llena de miembros de la Fiscalía del Estado, policía científica, peritos de balística y médicos forenses.

***

Los golpes desesperados que Pancho da a la puerta de la casa de los primos Méndez despiertan a Mauro. Frustrado por fracasar en el *encargo*, decidió dormir allí para jugar a videojuegos. Pistola en mano, le abre. Pancho, a trompicones, le cuenta lo que está pasando en la casa de seguridad. En ese momento, se escuchan disparos.

El grito de rabia de Mauro lo deja paralizado, pero reacciona a tiempo para detenerlo.

—No, Mauro, esto ya valió, mejor no vayas.

—Quítate, cabrón, o te meto un plomazo a ti también.

—Mauro, son un montón de sorchos, no vas a poder ayudar.

Los disparos continúan. Recapacita y desanda la corta distancia que ha recorrido. Mira a Pancho con recelo y, de un fuerte empujón, lo lanza al interior de la casa.

—Y tú, ¿qué haces aquí? ¿Te escapaste como una pinche rata?

Temblando, Pancho le da una explicación:

—Bruno me mandó a comprar unas aspirinas a la tienda de doña Toña. Al regresar, los sorchos no me dejaron llegar a la casa. Además, no llevaba la pistola encima.

—¿A comprar aspirinas a esta hora? ¿Me crees pendejo o qué?

—Es la neta, me dijo que fuese a doña Toña porque ella también vende cheve hasta bien tarde.

—A ver, cabrón, ¿y por qué no te detuvieron?

—*Pus* no sé... Les dije que iba pa mi casa y un soldado me contestó que me fuera por otro camino. Y de volada me vine a avisarte.

Mauro da un portazo, y va de un lado para otro sin dejar de mascullar. De pronto, se detiene, inclina la cabeza y frunce el ceño. Sin decir palabra, encara a Pancho, que no se aventura a moverse. Lo toma con violencia de la pechera y le pone la pistola en la frente.

—Mira, cabrón, te vas a lanzar pa'llá pa ver qué pasa, ¡órale y no te tardes! —Lo empuja hacia la puerta.

—¿Y si también me agarran?

—¿*Pus* no te vieron ya y no te hicieron nada?

—Sí, pero a...

—Oh que la canción: vas o aquí mismo te mato. —Le apunta nuevamente con la pistola.

Asustado y nervioso, Pancho abandona la casa.

Mauro toma la botella de medio litro de tequila que está sobre la mesa, comienza otra vez a ir de aquí para allá y, entre trago y trago, refunfuña. Cuando Pancho regresa, casi se la ha bebido entera.

—¿Qué ha pasado? ¡Habla, cabrón!

—*Pus* hay un desmadre de chotas y sorchos y no me pude acercar mucho, pero uno de los vecinos que lo vio todo desde su casa me dijo que se llevaron a la vieja en una ambulancia y que…

—¿Qué? ¡Habla de una puta vez!

—*Pus* que hubo muertos.

—¿Policías o alguien del grupo?

—No sé, Mauro, ¡no sé!

—Entonces, ¿a qué fuiste?

—Bueno, el vecino vio que los sorchos sacaron a tres personas esposadas y…

Mauro, desesperado por las pausas de Pancho, lo encañona.

—Oh qué la chingada contigo, habla ya o te mueres.

—Por la oscuridad no distinguía bien, pero le parecieron una mujer y dos hombres; ninguno era Bruno.

—¿Quieres decir que uno de los muertos es mi primo?

—*Pus*… —traga saliva—, sí, Mauro, los sorchos lo han matado.

Mauro tarda unos segundos en comprenderlo. De pronto, grita de dolor y desesperación. Lanza todo lo que encuentra a su paso. Pancho no se atreve a intervenir, solo lo observa y esquiva los objetos. Mauro, extenuado, cae de rodillas. Respira agitadamente, con la mirada fija en la pared. Pancho no sabe qué hacer y permanece en el mismo lugar.

***

Álex se da cuenta demasiado tarde de que conduce con exceso de velocidad. Se disculpa con el oficial que le da el alto, le explica el motivo de su falta y, sin chistar, acepta la multa. A pesar del contratiempo, llega a la clínica antes que Fernanda.

Mira una y otra vez el reloj, ha pasado casi una hora. Marca a Max, pero su amigo no tiene cobertura o ha apagado el celular. Cuarenta minutos más tarde, por fin aparece la ambulancia.

—¿Cómo está? —pregunta a Max.

—Álex, tranquilízate, Fernanda se encuentra bien, dentro de lo que cabe, claro.

—¿Por qué se tardaron tanto?

—Porque el camino desde la colonia es complicado y le brindaron los primeros auxilios antes de partir. Álex, todo ha acabado, estamos aquí, ¡relájate!

—Sí, tienes razón. —En ese momento, bajan a Fernanda, y observa como desaparece por la puerta de emergencias. Se dirige a sus amigos—: ¿Se ve delicada o es mi imaginación?

—Ten en cuenta por lo que ha pasado. Aun así, el doctor nos aseguró que está fuera de peligro —dice Rubén—. Espera a que la atiendan y él mismo te lo explicará.

Tras una larga espera, Álex se reúne con el doctor.

—Sufre dispepsia aguda. —Al ver la cara de Álex, le aclara el término—: una alteración del aparato digestivo ocasionada por el estrés o la ansiedad y por una mala alimentación. Le hemos hecho un lavado de estómago y se le está administrando suero.

—¿Le quedará alguna secuela?

—Es una mujer joven y se recuperará físicamente. Pero necesitará tratamiento psicológico.

—¿Tratamiento psicológico?

—Sí, padece trastorno de pánico. La sudoración o el sentimiento de irrealidad son síntomas de ello, además de las náuseas y los mareos, que se intensifican por la dispepsia.

Álex le pide que le permita verla. El doctor accede, pero con la condición de que sea solo un momento y no la moleste. También le recuerda que debe proporcionar los datos de la enferma en la recepción. Álex se lo agradece, pero solo se atreve a observarla desde la puerta. «Eres libre, Fernanda, eres libre, y pronto volverás a casa».

Minutos más tarde, se encuentra con Max y Rubén en el estacionamiento. Le cuentan que dos de los secuestradores han muerto en el operativo. Álex muestra la foto que guarda en el coche y Rubén señala a uno de los primos.

—Es Bruno. ¿Y el otro?, ¿lo han detenido?

—No, Álex, en la casa solo había cuatro secuestradores, y ninguno era ese.

—¿Y dónde diablos está Mauro? ¡Es el más peligroso!

—La policía se encargará de él. Por el momento, hay varios trámites que llevar a cabo, empezando por la demanda por parte de los familiares de la víctima.

—Espérense a que mañana le dé la buena noticia a José.

—De acuerdo, pero que sea lo más pronto posible, están sufriendo.

—Lo sé, pero hoy ya es tarde. Prefiero decírselo en persona.

—¿Y qué pasa con Víctor Aranda? —interviene Rubén.

—Hay que ponerle un cuatro.

—¿A qué te refieres, Álex?

—Es muy inteligente y tiene influencias, si lo enfrentamos, no lograremos nada. Lo mejor es continuar poniéndolo nervioso con la esperanza de que cometa un error.

—Álex, ese plan casi te cuesta la vida.

—Estoy seguro de que en esta ocasión lograremos desenmascararlo.

—Muy bien, ¿ya has pensado algo?

—Con el asunto de mi divorcio, puedo presentarme en su oficina, comentarle lo que me sucedió y, quizás, lo del secuestro, y esperar a que actúe.

—Hacer eso es ponerlo sobre aviso —dice Rubén.

—En eso consiste: tratará de hacer de todo para desvincularse de esto, incluso deshacerse de mí otra vez, pero ya no me pillará desprevenido. Rubén, necesito el micrófono nuevamente para grabar lo que hable con Víctor.

—Lo tengo en el auto, voy por él.

—Perfecto, iré a verlo a primera hora.

***

El precario alumbrado público de la colonia Pedro Moreno le da un aspecto tenebroso a las calles, llenas de charcos y lodo. Mauro ha obligado a

Pancho a inspeccionar la casa de seguridad. La cinta de balizamiento indica que el acceso al inmueble está prohibido. A pesar de ser las cuatro y media de la mañana, unos cuantos curiosos se encuentran en la calle y comentan lo ocurrido. Pancho los saluda con un movimiento de cabeza y pasa de largo para volver a donde Mauro. Todos lo siguen con la mirada porque saben que trabaja para los primos.

—¿Estás seguro, pinche Mohicano?

—Sí, Mauro, ya se fueron los chotas, en la casa no hay nadie, pero los vecinos andan fisgoneando. Me miraron como si tuviera roña, pinches malagradecidos, qué pronto olvidan todo lo que tú y Bruno han hecho por esta colonia.

—Mohicano, ellos están de nuestra parte. Ya ves que nadie dijo nada. Solo se han asustado, ¿que no?

—*Pus* si tú lo dices.

—Mohicano, tengo que saber qué pasó con mi primo. Vamos a meternos en la casa.

Amparados con la poca iluminación, se acercan a la calle lateral y se ayudan el uno al otro para subir al techo de la casa colindante. Bajan por la ventana de la cocina. El muro principal los protege de las miradas de los curiosos, aunque, si los vieran, por lealtad, no los delatarían.

Mauro observa la puerta derribada por los agentes, suspira y entra. Va directo a la habitación de Bruno y prende la luz.

—¡Mauro, nos van a descubrir!

—No seas güey, aquí nadie puede vernos.

—Si tú lo dices.

Mauro enseguida se percata de los impactos de bala alrededor de la ventana, destrozada como todas las de la casa. Gira la cabeza hacia la izquierda y descubre las manchas de sangre en el piso y la silueta humana dibujada con gis. La pared, igualmente manchada de sangre, muestra los agujeros de proyectiles de grueso calibre.

Cerca de una de las patas de la cama, descubre los zapatos de Bruno y un escalofrío le recorre la espalda. No cabe duda de que esos perros lo han matado. El grito que deja escapar le eriza la piel a Pancho. Cuando se arma de valor y entra a la habitación, ve a Mauro desolado en el suelo, justo donde murió su primo. Con la mirada perdida, golpea la pared con la nuca una y otra vez. El tiempo pasa y Pancho no acierta a moverse, solo observa como Mauro se da de cabezazos. De pronto, con un rugido que es mezcla de dolor y rabia, se levanta y, de una zancada, llega hasta Pancho, lo agarra con ambas manos de la pechera y lo sacude mientras grita:

—Lo mataron, Mohicano, lo mataron, esos hijos de la chingada mataron a mi primo. —Pancho quiere retirarse, pero no se atreve—. Esos hijos de la chingada se van a arrepentir, te juro que se van a arrepentir. Los mataremos como si fueran ratas. —Deja de sacudirlo y lo mira—. Porque me vas a ayudar, ¿no?

Pancho sabe que negarse es firmar su sentencia de muerte.

—Eso ni se pregunta: por ti y por tu primo, soy capaz de todo.

Antes de abandonar la propiedad, la inspeccionan palmo a palmo. No encuentran nada que les sea de utilidad, la policía confiscó todo. Al salir, observa el coche que Víctor Aranda puso a su disposición. Saca las llaves de repuesto que lleva en la bolsa del pantalón y piensa en llevárselo, pero desiste. La policía, con toda seguridad, ya lo tiene registrado y en cualquier momento vendrá a llevárselo. Suspira y, con un gesto de cabeza, le indica a Pancho que lo siga. Salen por la puerta principal sin dañar la cinta, ya no es necesario esconderse, hasta los fisgones se han ido. Cuando llegan a la casa de Mauro, se acomodan en medio de los destrozos y, en silencio, se beben todo el alcohol que queda.

Pancho, confundido y aterrorizado, no se atreve a mirar a Mauro. Solo da sorbos a su cerveza y ruega para que no sufra uno de sus típicos ataques de ira. Con la muerte de su primo y alcohol de por medio, la posibilidad de que pierda el control es aún mayor. Sin embargo, el tiempo pasa y lo único que Mauro hace es reír, llorar y beber hasta quedarse dormido.

***

Víctor se encuentra en la recepción, de espaldas a la entrada, acaba de llegar. Al reconocer la voz que lo saluda, se gira rápidamente.

—¿Te sorprende verme?

—Hola, Álex, la verdad que sí, pero no tanto tu presencia como tu aspecto. ¿Qué te ha ocurrido?

—Es una larga historia que con gusto te contaré, ¿podemos pasar a tu despacho?

—¡Por supuesto, adelante!

—Gracias, te sigo.

Ambos toman asiento en el sofá. Víctor, fingiendo amabilidad, le ofrece un café, pero Álex lo rechaza. Sin preámbulos, suelta una frase contundente:

—¿Sabes, Víctor? Han intentado matarme y tú conoces a los frustrados asesinos.

Por un momento, Víctor no reacciona. Toma aire, trata de ocultar su nerviosismo, pero el tono inseguro lo delata:

—¿De qué hablas?

—¿Recuerdas a los tipos que rechazaste cuando solicitaron tus servicios como abogado para comprar una propiedad?

—¿Los que me…? Ah, ya, sí, esos hombres de apariencia desagradable… ¿Me estás diciendo que esos dos han sido los que te han dejado así?

—En efecto, pero su intención era acabar conmigo.

—Supongo que ya están entre rejas, ¿no?

—Desafortunadamente, lograron escapar. Espero que la policía pronto los encuentre; hasta que eso suceda, no podré estar tranquilo.

—Entiendo que te preocupe que esos desgraciados sigan libres, pero ¿por qué intentaron matarte?

—A mí, más que a nadie, me gustaría saberlo, pero no tengo ni idea. —Hace una pequeña pausa y continúa—: Víctor, te pido disculpas por presentarme de esta forma, no pretendo quitarte demasiado tiempo, solo quería avisarte de que, al poner la denuncia, mencioné que esos tipos trataron de contratar tus servicios y que es probable que tú tengas sus datos.

—Álex, ¿cómo se te ocurre relacionarme con esa clase de personas? La reputación de mi bufete está en juego. Además, como no llegamos a trabajar con ellos, no les pedimos información.

—Lo siento, pero ya no hay marcha atrás. Entiende, Víctor, en ese momento solo pensé en que era una forma de localizar a esos asesinos.

—Algo les habrás hecho, Álex, nadie mata sin razón alguna.

—Parece que cuentas con experiencia en el tema, pero te equivocas: no tuve ningún desencuentro con esos tipos, la única vez que hablé con ellos fue cuando coincidimos.

—En fin, no me preocupa la visita de la policía, no tengo nada que ocultar.

—Yo nunca dije que tuvieras que ver con ellos.

—Lo sé, Álex, tranquilo. ¿Eso es todo lo que ibas a decirme?

—En realidad, hay algo más, pero no quiero entretenerte.

La curiosidad se apodera de Víctor:

—Dispongo de tiempo ahora, así que adelante, te escucho.

—Es un asunto bastante peculiar y quizás tú puedas orientarme.

—Álex, sin rodeos, dime de qué se trata.

—Mira, un conocido encontró un yacimiento de oro en su propiedad.

Víctor desvía la mirada y, para ganar tiempo, se dirige al minibar.

—Te has puesto pálido, ¿estás bien? —pregunta Álex.

—Claro que sí, solo me ha entrado sed. ¿Gustas tomar algo?

—¿No se te hace muy temprano para beber alcohol?

—¿Temprano? Nunca es temprano para degustar un buen brandi. —Camina hacia el sofá, pero se detiene en medio del despacho, alza el vaso en dirección a Álex, sonríe y da un trago.

—Si tú lo dices… —Álex se acerca a él—. Y bien, ¿conoces a alguien que pueda asesorar a mi conocido?

—Lo siento, pero ahora mismo no se me ocurre nadie.

—No importa, no corre prisa. Víctor, me despido. Una vez más, me disculpo por presentarme así y, sobre todo, espero que mi declaración no te cause inconvenientes.

—No te preocupes, Álex, lo importante es que esos desgraciados no lograron su objetivo. Que tengas buen día. —Víctor le tiende la mano y Álex capta la indirecta.

Al salir, inclina la cabeza para acercar la boca al micrófono y susurra:

—¡Todo suyo! Nos vemos más tarde.

Víctor mantiene la vista en la puerta que se acaba de cerrar. No logra ordenar sus pensamientos. Mira el vaso que aún sostiene en la mano, lo agita un poco y, de un trago, se termina el brandi. No se mueve, con el ceño fruncido, alza la vista hacia la puerta y respira agitadamente. «Maldito entrometido, la próxima vez no tendrás tanta suerte». Refunfuñando, se dirige al minibar. En el momento que abre la botella, suena el interfono. Se apresura a responder:

—¿Y ahora qué?

—La policía pregunta por usted, señor Aranda.

—¡Vaya! Por lo visto, hoy no podré trabajar. Está bien, ¡que pasen!

—Buenos días, abogado Aranda. Mi nombre es Rubén Ramírez, agente de investigación de la Fiscalía del Estado, él es el agente Max Rodríguez.

—Buenos días, ¿a qué debo su visita?

—Se trata del intento de asesinato de Álex Quintero, ¿lo conoce? —pregunta Rubén.

—Por supuesto que lo conozco, ¿pero qué tengo yo que ver en todo eso?

—Al parecer, no le sorprende la noticia.

—No, Álex ha estado aquí para contarme lo sucedido.

—En su declaración, el señor Quintero mencionó que quizás usted tuviese datos sobre los hombres que lo agredieron.

—Eso me comentó, pero, desafortunadamente, no puedo ayudarlos, ya que no conozco a esos tipos.

—¿De verdad que no sabe quiénes son?

—¿Insinúa que miento? ¡Le pido que mida sus palabras, señor agente! Sin una orden, no estoy obligado a responder a sus preguntas. Si lo hago, es por mi amistad con Álex y porque me interesa que esos delincuentes reciban su merecido. Les diré todo lo que sé: esos hombres se presentaron en mi oficina para contratar los servicios de mi bufete; según ellos, querían comprar una propiedad de grandes dimensiones. Sin embargo, su sola presencia me incomodó, así que decidí no trabajar con ellos.

—¿Elige a sus clientes según su aspecto? —pregunta Rubén.

Víctor Aranda mira a Max, que se ha mantenido en silencio, y de nuevo a Rubén. Respira hondo y responde con una tranquilidad que no siente:

—Claro que no, pero tuve un presentimiento. En la primera impresión, ya me generaron desconfianza. Aun así, hablé con ellos y, después de escucharlos, opté por no aceptar. Viendo lo sucedido, me doy cuenta de que no me equivoqué. Ahora, si me disculpan.

—Sí, por supuesto, señor Aranda, gracias por su tiempo. Aquí tiene mi tarjeta. Por favor, si recuerda algo que pueda ser relevante, lo que sea, comuníquese conmigo de inmediato.

—No dude que lo haré, Álex Quintero es como de mi familia, deseo que capturen a esos asesinos.

Víctor Aranda no pierde de vista a los agentes hasta que abandonan su despacho. Clava la mirada en la puerta, sus ojos destellan odio. El labio inferior le tiembla y respira con dificultad. «Maldita suerte. ¡Par de estúpidos! ¿Cómo pudieron fallar de esa forma y por qué diablos no se han comunicado para informarme de lo sucedido?». Aquel niño que nació y creció en un barrio marginal donde imperaba la ley del más fuerte aún existe en el subconsciente del exitoso abogado y sale a flote en momentos como ese. Se sirve otro brandi, se sienta en su exclusiva silla, se acoda sobre el fino escritorio de caoba, entrelaza los dedos y extiende los pulgares para apoyar la barbilla. Algo no cuadra en esta historia. Da un sorbo a la bebida y saca el celular del cajón. Hay varias llamadas perdidas de un número desconocido, se pregunta quién puede ser. Solo se comunicó con Bruno. Piensa que lo mejor será cambiar la tarjeta cada determinado tiempo. Le marca. Se impacienta al escuchar los tonos una y otra vez. «¿Dónde se habrá metido?». Es el único número con el que cuenta y presentarse en la colonia Pedro Moreno sería una estupidez. Tiene que esperar a que Bruno lo llame.

Se retrepa en el respaldo de su silla, echa la cabeza hacia atrás y clava la mirada en el techo. Inspira hondo para enseguida suspirar. Que hayan descubierto el yacimiento justo ahora trastoca sus planes. «Si ese ranchero sabe rezar, que empiece ya, pero de nada le servirá. Como todo se venga abajo, no habrá dios que lo salve de lo que se le viene encima. ¡Su hija pagará las consecuencias y él va a sufrir! ¡Claro que va a sufrir!».

Capítulo 18

Desde el secuestro de Fernanda, José se pasa las horas sentado cerca del teléfono, en espera de la llamada que le devuelva la vida. El ruido de un motor llama su atención, pero no se mueve de su lugar. Segundos después, alguien toca a la puerta. Con desgana, se levanta para abrir.

—¡Muchacho! ¿Te han atropellado? —pregunta nada más ver a Álex.

—No exactamente, pero no te preocupes, te traigo una gran noticia —le dice con una sonrisa.

—¿Cómo que no me preocupe? Si te ves muy mal.

—No es tan grave como parece. Mejor escúchame —sin darle tiempo a responder, continúa—: ¡Fernanda está libre! —José levanta las cejas, duda si ha entendido bien—. Sí, no me mires así, ¡la policía la rescató!

—¿Es verdad lo que me estás diciendo?

—Por supuesto, ¿cómo iba a bromear con algo tan serio?

—¿Dónde está? ¿Por qué no vino contigo?

—Si me dejas hablar, te contaré todo. La han llevado a una clínica para…

—¿Qué tiene?, ¿qué le hicieron esos desgraciados?

—Tranquilo, Fernanda está bien, un poco débil pero bien. Es un trámite de rutina. Si gustas, te acompaño a verla.

—Claro. ¡Amalia, Amalia!

Amalia llega rápidamente.

—¡Por Dios, José! ¿Por qué pegas esos gritos?

José se abalanza sobre ella, la abraza y no para de repetir:

—Fernanda está libre, Fernanda está libre…

Confundida, busca la mirada de Álex. Él sonríe y asiente. La noble pareja llora, pero en esta ocasión es de alegría.

—Perdón, Álex, ni te he saludado. ¿Qué te ha ocurrido?

—Nada, Amalia, estoy tan feliz como ustedes por la liberación de Fernanda.

—¡Gracias por todo!

—Agradéceselo a la policía, hizo un gran trabajo.

—¿Cómo se enteraron del secuestro?

La mirada de José lo incomoda. Ha llegado el momento de contarle cómo sucedió todo.

—Iré al grano: esto me lo hicieron los secuestradores de Fernanda. —Álex se señala el ojo amoratado.

—¿Cómo? No entiendo. ¿Por qué te golpearon? —pregunta José—. ¿Cómo saben de ti?

—Lo que te voy a decir no te gustará en absoluto: yo fui quien dio parte a la policía y…

—¿Por qué lo hiciste? —lo interrumpe José—. Los secuestradores pudieron matar a Fernanda por tu culpa.

—Tienes razón, José, pero todo salió bien y Fernanda está libre.

—¿Detuvieron a esos indeseables? —pregunta Amalia.

—Bueno, andan buscando a dos…

—¿Eres consciente de lo que dices? ¡Ahora intentarán acabar con mi familia! —Álex guarda silencio—. ¡Carajo!, te pedí que te mantuvieras al margen y me ignoraste por completo. ¿Por qué lo hiciste, por qué?

—Déjame que… —Álex nunca ha visto a José tan molesto, está sorprendido, pero lo comprende.

—Yo confié en ti, y tú has sentenciado a mi familia.

Amalia interviene para tranquilizarlo.

—José, ¿cómo puedes tratarlo así? Álex ha ayudado para que liberaran a Fernanda.

—Sí, pero ahora esos matones volverán para matarnos a todos.

—José, por favor, dame la oportunidad de explicarme. Si después me pides que me vaya, lo haré.

José camina de un lado para otro, respirando profundamente, pero regresa hasta donde se encuentra Álex.

—¿Cómo supiste dónde la tenían? —pregunta José, rascándose la cabeza con ambas manos.

—Te pido mil disculpas, pero aprovechamos la desagradable visita de los secuestradores para seguirlos.

—Entonces, ¿ese día me espiaste?

—Se presentó la ocasión y... me fue inevitable actuar.

Al ver a José más tranquilo, Álex le cuenta lo del rastreador y la grabación. Cuando menciona la visita al médico, dice que la mujer a la que atendió era la cuidadora de Fernanda. También confiesa que cree que un abogado conocido suyo está involucrado y que, tras visitarlo, le dieron la golpiza, lo cual confirma su sospecha. En cuanto a los secuestradores, les asegura que no hay de qué preocuparse, la policía no tardará en detener a los dos que escaparon, aunque realmente él no está tan convencido.

—¿Y de qué conoces tú a ese abogado?

—No lo vas a creer... —pasa saliva—: ¡es el abogado de mi suegro! —José lo mira con ojos desorbitados, y Álex continúa—: Hemos coincidido en alguna reunión, pero nuestro contacto es nulo.

—Disculpa la pregunta: ¿tu suegro anda metido en esto?

—Lo dudo. No es un santo, pero tampoco un secuestrador.

—Pero, si delatas a su abogado, ¿eso no te traerá problemas personales?

—Si te soy sincero, me da igual. Ellos nunca me han visto como uno más de la familia y los culpables del rapto de Fernanda deben ser castigados. Yo estoy dispuesto a declarar contra quien sea para que se haga justicia.

—Está bien, Álex, muchas gracias por todo y discúlpame por dudar de ti.

—Bueno, dejemos el sentimentalismo y vayamos a la clínica para que vean a Fernanda sana y salva.

***

El zumbido proveniente del escritorio sobresalta a Víctor. Molesto, mira el interfono, pues le ha pedido a su secretaria que cancele todas sus citas, pero se da cuenta de que es el celular. Inspira y trata de serenarse. Mira la pantalla y lee: «Número desconocido». Debe de ser la misma persona que lo ha llamado ya tres veces. Duda, pero finalmente responde:

—¿Sí?, ¿quién habla?

—Mi Lic, soy yo.

—¿Mauro?

—¡Le estoy llama y llama, pero no contesta!

—¡No grites, joder!

—Perdone, per…

—¡Déjame hablar con Bruno!

—Abogado, es que…

—Que me dejes hablar con Bruno.

—Eso es lo que quiero explicarle, que…

—¡Mauro, dale el teléfono a Bruno!

—¡Oh, con una chingada!, ¿me va a escuchar o no?

—Oye, ¿qué te pasa? ¡A mí no me hables así!

—*Pus* hágame caso.

—Está bien, explícate, pero que sea rápido, porque necesito tratar algo importante con Bruno.

—*Pus* fíjese que no se va a poder porque esos hijos de la chingada mataron a mi primo y… —Su voz se quiebra—. Por eso lo he llamado, para que me ayude.

La inesperada noticia le deja la mente en blanco. Alza las cejas y sacude la cabeza con desesperación.

—¿Qué diablos estás diciendo?

—Que los pinches sorchos mataron a mi primo. No se quién se chivó, pero llegaron en la noche... —explica de forma apresurada.

—Relájate, Mauro. —Víctor calla unos segundos—. A ver, cuéntame con calma qué ha pasado con la hija del ranchero.

—Le estoy diciendo que mataron a mi primo y usted se preocupa por la vieja.

—Solo dime dónde está.

—Se la llevaron los pinches sorchos. ¡Cuando descubra quién fue el soplón, lo mato!

Víctor enmudece. Apoya el brazo izquierdo en el escritorio y se cubre los ojos con la mano. Ha dejado de escuchar a Mauro. Se rasca la frente mientras lo invaden pensamientos desordenados. Se esfuerza por encontrar una solución, sin embargo, le es imposible. Son demasiadas malas noticias en un solo día. Los insistentes reclamos de Mauro lo hacen reaccionar.

—¡Abogado, abogado, conteste!

—Deja de gritar, que no estoy sordo.

—*Pus* respóndame: ¿me va a ayudar?

—¿Ayudarte a qué?

—Ya se lo he dicho: a enterrar a mi primo. No sé cómo recuperar su cuerpo, écheme una mano.

—Mauro, por su ineptitud, todo se ha complicado. Ya no podemos seguir con el plan.

—¿Y eso a quién *chigaos* le importa? Yo lo que quiero es darle cristiana sepultura a mi primo. ¿Me va a ayudar?, ¿sí o no?

—¡Bájale dos rayitas a tu tono! Y piensa un poco, lo que me pides no es posible.

—Entonces, ¿no me ayuda?

La insistencia de Mauro desespera a Víctor:

—¡Primero tenemos que solucionar todas las estupideces que han hecho y después...!

—Pinche Víctor, ¡dime cómo le hago!

Víctor se levanta, llena nuevamente el vaso y camina de un lado a otro.

—Mauro, tú sabes muy bien quién soy, así que modera tu…

—Ya se te olvidó que vienes del mismo barrio que yo. Deja de hacerte el fifí.

—¡Oye, cómo te atreves! —Se bebe el brandi de un solo trago—. Haré como si no hubiera escuchado tus impertinencias. Doy por terminada esta conversación. ¡No vuelvas a llamarme! —Sin darle tiempo a responder, cuelga y lanza el celular contra el suelo. Se dirige al minibar.

Bruno era su mano derecha, su único contacto fiable con el mundo de la delincuencia. Mauro no tiene ni la capacidad ni las cualidades para ocupar ese puesto, es demasiado impulsivo y violento, debe olvidarse de él, pero no será fácil buscar a otro. Por lo pronto, esperará a que todo se calme para apoderarse del yacimiento.

Regresa a su escritorio con la botella. Toma asiento y presiona el botón del interfono. La secretaria le informa que todos se han marchado, Víctor le indica que él ya no la necesita, también puede irse a casa.

Da un sorbo a la bebida y se dirige a la caja fuerte. Saca el oro que compró a los primos, lo deposita sobre la mesa y vuelve a acomodarse en su silla. Mira las pepitas con nostalgia, tal vez nunca sea dueño del yacimiento. Maldice su suerte, se bebe el vaso de un trago y lo llena de inmediato.

Las horas pasan, y Víctor sigue sentado en su escritorio. La botella de brandi se encuentra vacía.

**

Pancho observa como Mauro va de un lado para otro, vociferando en contra de Víctor, hasta que apoya la espalda en la pared y, despacio, se desliza hacia abajo y se queda sentado en una esquina del frío piso. Rodea las piernas con los brazos, entrelaza los dedos y presiona las rodillas contra el pecho. Permanece más de cinco minutos en esa posición, pero de repente se levanta como impulsado por un resorte y se dirige a Pancho, que, asustado, también se pone en pie con rapidez.

—Ya deja de chupar, cabrón. Vamos a dar una vuelta.

Pancho suspira.

—¿Sabes? Me da harto gusto que ya estés alivianado.

—¡Venga, muévete!

—Luego luego. Oye, ¿a dónde vamos?

—A darle una *visitada* al Víctor. ¿Has visto como está la casa? —no espera a que Pancho responda—, ¡*pus* la oficina de'se güey va a quedar *pior*! Se va a arrepentir por no ayudarme.

—¿Vamos con el coche nuevo?

—No seas güey, ¡no ves que es una trampa de la policía para encontrarnos más rápido!

—Ah, chinga, ¿y por qué?

Le explica el riesgo que corren si toman el coche. Mauro no es tonto, como muchos creen. Simplemente, respetaba la jerarquía que existía entre él y su primo y nunca se preocupó por buscar soluciones y, mucho menos, decidir. Pero Bruno ya no está, así que ahora manda él.

—Vamos a la casa de Ernesto y le cogemos la moto. Adelántate tú, a ver si hay chotas vigilando.

Cuando Mauro llama a la puerta, la esposa de Ernesto no oculta su sorpresa:

—¿Estás loco? ¡Te van a llevar preso!

—No, esos güeyes no me van a agarrar. Dime, ¿a Ernesto lo mataron?

—¡No, no, por Dios, ni lo digas! Él sigue vivo, pero lo han detenido.

—¡Hijos de la chingada! Buscaré la forma de sacarlo de la cárcel.

—Gracias, Mauro, yo sabía que tú mirarías por nosotros.

—*Pus* claro que sí, a ustedes no les va a faltar nada, ¿que no? Mientras tanto, ten esta lana. Pancho te traerá más cada quince días.

—Muchas gracias, pero ya váyanse, porque seguro que la policía está por venir.

—Oye, ¿nos podrías prestar la moto de tu marido?

—Sí, úsenla todo lo que quieran.

Al ver las pésimas condiciones en que se encuentra la moto, nadie se imaginaría que se trata de una Gilera RC 01-125 de los años noventa; en aquellos tiempos, fue el sueño de muchos.

Se colocan los viejos cascos y marchan rumbo a la oficina de Víctor. En uno de los muchos semáforos, se detienen al lado de una patrulla. Mauro siente como Pancho tiembla, y se voltea hacia los policías. Uno de ellos le sonríe, y Mauro, con un movimiento de cabeza, le devuelve el saludo. Cuando el semáforo se pone en verde, arranca y suelta un carcajada. Paran en una farmacia para comprar guantes desechables.

Estacionan a unos diez metros de la oficina, en la misma avenida Carranza. Son las nueve, aún hay bastante tráfico. Nadie se fija en ellos, pues los pocos peatones que pasan por ahí tienen prisa por llegar al jardín de Tequis, un pequeño pero agradable punto de encuentro familiar, a cuatro cuadras de distancia. Los puestos ofrecen una gran variedad de antojitos mexicanos, la música en vivo alegra el ambiente y los niños juegan, corren y ríen mientras los adultos disfrutan de un buen café en una de las cafeterías.

Con los cascos puestos, las viseras abiertas y la cabeza inclinada para evitar que los reconozcan, se acercan a la puerta de cristal templado de doce milímetros. Mauro se dispone a forzarla con una ganzúa, pero no es necesario porque sigue abierta. Se ponen los guantes desechables, entran y cierran por dentro.

Pancho, con la boca abierta por el lujoso interior del edificio, sigue a Mauro. La planta baja la ocupan las oficinas del grupo Invex, una inversora muy bien acreditada. Suben por las amplias escaleras de mármol y no les importa que las luces se enciendan automáticamente. En el primer piso, hay un prestigioso consultorio dental; en el segundo, un reconocido médico cirujano; el tercero está vacío por remodelación. El bufete de Víctor Aranda se halla en la cuarta y última planta. Cuenta con una amplia terraza que ofrece unas vistas extraordinarias.

Mauro saca la ganzúa, pero se da cuenta de que esa puerta tampoco está cerrada con llave. Con la mano, le indica a Pancho que espere. Gira el pomo lentamente y atisba el interior. Frunce el ceño al descubrir que las luces siguen encendidas: o bien olvidaron apagarlas o aún hay alguien ahí. Con un gesto, ordena a Pancho que lo siga. Al entrar, Mauro corre el pasador. Comprueban que los cuartos de aseo de la sala de espera están vacíos. Con sigilo, llegan hasta la recepción. El pequeño almacén donde se encuentra la copiadora, entre otras cosas, está a oscuras. A unos diez pasos, empieza un corredor curvo de unos treinta metros de largo; de las cuatro puertas del lado izquierdo se encarga Mauro, las cuatro del lado derecho, Pancho.

Tras comprobar que las dos primeras están oscuras y vacías, Pancho llega hasta otro corredor con una puerta a la derecha: los aseos de los empleados. Al fondo, está la sala de juntas. Pancho, confundido, le indica a Mauro con un gesto que lo espera mientras acaba de revisar. Mauro regresa sonriente, pues no hay de qué preocuparse. El final de la curva da paso a un ventanal con vistas a la terraza. Con paso lento, se acercan a la última puerta: el despacho de Víctor Aranda.

Escuchan una música suave que proviene de dentro. Con la mano, Mauro le indica a Pancho que tenga cuidado. Decidido a todo, saca la pistola que lleva en la bolsa interior de la chamarra y abre la puerta despacio. Ni en sus sueños más locos hubiese imaginado lo que ve: ¡Víctor Aranda, borracho perdido, duerme con la cabeza inclinada hacia delante, sosteniendo el vaso con ambas manos a la altura del pecho y con la camisa empapada porque ha derramado la bebida sobre sí mismo. Está solo y, lo mejor de todo, indefenso.

Mauro se carcajea.

—Le iba a desmadrar su pinche oficina, pero el güey se me ha puesto en bandeja de plata y lo voy a aprovechar, ¿que no?

—Mauro, ¿qué vas a hacer? —En la mirada de Pancho se refleja el miedo.

—*Pus* a ver hasta dónde nos lleva el destino. —Ríe—. Se oyó bien chido lo que dije, ¿que no? —Se aproxima a Víctor—. Pancho, busca algo para amarrarlo. —Mientras espera, revisa el minibar. Escoge un güisqui y se sirve una generosa cantidad.

Minutos después, Pancho regresa:

—Nomás encontré esto. —Levanta un rollo de cinta adhesiva profesional.

—Con eso vale. Ven, tómate un vinito, están rebuenos.

—No, Mauro, hay que apurarse, no vaya a llegar alguien.

—Tranquilo, güey, ¿quién pinches va a venir a esta hora? —Termina la copa y agarra a Pancho—. Vamos a encintarlo. —Ríe.

Con cuidado para no despertarlo, le inmovilizan las muñecas sobre los reposabrazos y le atan los tobillos para que no pueda separarlos. Víctor solo murmura palabras incomprensibles. En cuanto Mauro le jala el pelo, Pancho le fija la cabeza al respaldo.

El brusco movimiento hace que se despabile. Mira en rededor, confundido, aprieta los ojos y trata de moverse, pero le es imposible. Parpadea varias veces, como si intentase escapar de un mal sueño. De pronto, la silla gira lentamente. La sangre se le congela cuando sus ojos se encuentran con los de Mauro, que le sonríe y levanta y baja las cejas, burlándose de él.

—¿Qué onda, pinche Víctor?, ¿cómo estás?

—¿Qué diablos haces aquí? ¿Cómo entraste?

—Huy, con tanta pregunta me haces bolas.

—¡Mauro, desamárrame de inmediato! —Víctor habla con todo el aplomo que el alcohol le permite—. Y después se largan, o llamaré a la policía.

—¡Pinche Víctor, tas encintado, no amarrado! – Se carcajea.

—Te lo ordeno. —Su voz ya no se escucha tan segura—. Se van a meter en serios problemas con la policía.

Mauro se inclina hacia él, sonriente:

—¿De veras? *Pus* háblales. —Mira a Pancho, que se mantiene callado—. ¿*Vedá*, mi buen, que nosotros aquí esperamos? —Se sienta sobre el escritorio de un brinco y se cruza de brazos.

—Mauro, solo bromeaba. —Víctor recula—. ¿Sabes? He estado pensando en cómo ayudarte. ¿Por qué no me desatas y lo hablamos tranquilamente?

—Ya, ya. ¿Crees que me puedes hacer güey? *Pus* te vas a chingar porque yo no soy el pendejo que tú siempre has creído.

—¿De qué hablas? De verdad, Mauro, conozco a alguien que te puede ayudar.

—A ver si es cierto. —Saca el teléfono—. ¡Dime el número! Ándale, güey, ¡dime el número!

Víctor duda.

—Mauro, ya es muy tarde para…

—¡Ya, güey, ya! ¡Es puro cuento tuyo! —Chasca la lengua—. Víctor, Víctor, déjate de pendejadas, sé que no quieres ayudarme.

—Por supuesto que sí, Bruno era importante para mí —se corrige— y tú también, claro.

—¿En serio? No me hagas reír. Nosotros no te importamos ni madres.

—Te equivocas, yo…

Mauro disfruta viendo como el miedo se apodera de Víctor.

—Ta bien, te voy a creer, pero nomás si me invitas a un trago.

—Lo que gustes —responde Víctor de inmediato.

Mauro, tarareando una canción, se acerca al minibar y se decide por el güisqui que bebió cuando llegó. Se gira hacia Víctor con una sonrisa y levanta las cejas un par de veces.

—¿Tú qué quieres? —El abogado guarda silencio. Mauro recorre el minibar con la mirada—. Ah, aquí hay otra botella como la que te zumbaste. Y tú, mi Pancho, ¿qué te tomas? —No recibe respuesta—. ¡Anímate, güey!, ¿no ves que es gratis? —Se carcajea.

Con el vaso lleno en una mano y la botella de brandi en la otra, regresa. Da un trago y deja su bebida sobre el escritorio. Víctor y Pancho observan como Mauro abre el brandi.

—Ay, perdón, no te traje vaso. Bueno, tomas de la botella, ¿que no? —Ríe—. Ándale, chúpale.

Víctor, instintivamente, aprieta los labios. Mauro mira al techo, inspira hondo y resopla. Sus ojos se clavan en Víctor durante varios segundos y, de pronto, le da dos cachetadas y lo agarra de la barbilla para obligarlo a abrir la boca.

—Ya, cabrón, traga, te digo que tragues… ¡Ah, qué la chingada! ¿Conque no quieres?

El golpe que le propina en el abdomen hace que Víctor Aranda abra la boca, y Mauro le mete el cuello de la botella. Palmea la base para que el líquido fluya más rápido. Víctor tose repetidamente, le cuesta respirar. Mauro retira la botella y señala el dosificador de plástico:

—Quítale esa chingadera pa que salga bien el chupe.

—Dámela. —Pancho toma el abrecartas y, al cuarto intento, quita el dosificador y le regresa la botella a Mauro.

—Ora sí vas a chupar sin problema, mi Víctor. —Suelta una carcajada.

El abogado, sin atreverse a mirarlo, habla:

—Mauro, por favor, piensa que…

La cachetada interrumpe su respuesta y le revienta el labio inferior.

—¡Cállate y traga! —Le arrebata el abrecartas a Pancho y, mientras lo gira entre los dedos, lo acerca a la cara de Víctor.

—Mauro, piensa en el problema que te vas a meter si…

—Abre el hocico, cabrón. —Mauro le introduce la punta del abrecartas en la nariz y tira hacia arriba. De nuevo, trata de meterle el cuello de la botella, pero choca con la dentadura, y Víctor se traga los dos dientes que ha perdido por el golpe. Sin el dosificador, el líquido fluye generosamente y se mezcla con la sangre. Víctor se mueve tanto como le es posible, pero no logra liberarse. El ataque de tos provoca que el licor le salga por la nariz. Mauro deja la botella sobre el escritorio.

—¡Huuuy, cabrón, qué delicado me saliste! —Se carcajea, coge su vaso y, mientras le da un trago, mira a Pancho—. ¿Tú qué tienes, güey?

—No, nada, mi Mauro, nomás espero pa hacer lo que tú digas —contesta sin poder ocultar el miedo.

Víctor carraspea y traga saliva.

—Mauro, por favor, escúchame, yo…

—¡Qué escúchame ni qué la chingada! —Con tono enérgico, se dirige a Pancho—: Mi Lic y yo queremos seguir festejando, ¿que no? ¡Abre otra botella! —Mira a Víctor y se burla—: Porque esta no le gustó al abogado. —Se carcajea.

—Claro que sí, mi Mauro, ¡va que va! —Pancho escoge una y se dispone a quitarle el dosificador.

—Mauro, escúchame, por favor —repite Víctor.

—No te desesperes, mi Lic, el Pancho ya casi la tiene lista, ¿que no?

—¡Yo sé quién ocasionó la muerte de tu primo!

Mauro lo mira con sorpresa:

—¿De qué hablas, güey?

Víctor Aranda respira, aliviado.

—Del hombre al que ustedes intentaron matar: ¡él es el culpable! —Mauro está confundido, y Víctor Aranda insiste—: Es verdad, déjame explicarte…

—Mira, pinche Víctor —le aprieta el cuello ligeramente—, si nomás me quieres ver la cara de pendejo, entonces sí vas a saber quién es Mauro Méndez.

Víctor Aranda traga saliva, el sabor de la sangre le provoca náuseas.

—Se llama Álex Quintero…

—¡Ya sé cómo se llama! Mejor dime lo importante.

Víctor Aranda continúa atropelladamente:

—Es amigo del ranchero y está enterado de todo.

—¿Y tú cómo lo sabes? Mira, pinche Víctor, pa mí que te estás inventando un cuento, así que ya…

—Lo conozco.

Mauro recuerda que fue en la oficina de Víctor donde lo vio por primera vez.

—Ta bueno, habla mientras me sirvo otro chupe. Pancho, ¿ya *abristes* la botella?

Los estragos del alcohol que ha consumido durante el día sumado al que Mauro le hizo tragar empiezan a ser evidentes. Balbuceando, le explica todo.

—A ver si te entendí bien. Ese güey es yerno de un amigo tuyo, trabaja en el ejido y es íntimo del ranchero. Qué pinche casualidad, ¿no? —Víctor Aranda asiente—. A otro perro con ese hueso.

—¡Mauro, es cierto! Álex estaba tan enojado que un día vino a verme y me dijo que los iba a meter en la cárcel por secuestrar a la hija de su amigo.

—¿Cuándo vino ese güey?

—Hace un par de días. En cuanto me enteré, los llamé para que… se deshicieran de él. Bruno, perdón, Mauro, déjame ayudarte a… sepultar a Bruno como… se mere…

—Ya, habla menos y chupa más. —Coge su vaso y la botella y camina por el despacho—. A ver, vamos a ponernos cómodos, tráetelo pa'cá. —Se deja caer en el sofá y espera a que Pancho arrastre la silla de Víctor—. Páralo ahí, no, pinche Mohicano, ahí, a un lado, pa que le des chupe, porque el Lic y yo vamos a seguir chupando, ¿que no? —Se carcajea, pero el abogado parece ajeno a lo que diga o haga Mauro Méndez—. Te estoy hablando, pinche Víctor. —No recibe respuesta.

—Este güey está bien pedo, hasta se durmió —dice Pancho.

—¡*Pus* despiértalo, güey!

Pancho nota algo raro:

—Oye, como que la cara se le puso azul, ¿no?

—¿Se puso azul? Pinche Mohicano, deja de drogarte. —Ríe.

—En serio, además… —Se acerca a su pecho—, ni respira. No manches, Mauro, creo que este güey ya se petateó.

—Déjame ver. ¡Que te quites, Mohicano! Sí, es cierto, está azul…

De pronto, Víctor Aranda vomita un líquido amarillo y sanguinolento. Pancho pega un salto para esquivarlo. Por la posición en que se encuentra el abogado, se atraganta con su propio vómito, tose, intenta respirar desesperadamente. Segundos después, pone los ojos en blanco y convulsiona.

—¿Y ora qué tiene? —pregunta Pancho.

—¡Creo que no le cayó bien el tequila! —Se carcajea Mauro.

—¿Qué vamos a hacer?

—¡Esperar a que el güey se alivianе pa seguir chupando, ¿que no?

El Mohicano va a responder, pero Víctor Aranda empieza a emitir quejidos incomprensibles con los ojos desorbitados y la boca abierta al máximo, hasta que se relaja y queda inmóvil. Ellos no le quitan la vista de encima, pero no sucede nada. Se miran. Con un movimiento de cabeza, Mauro le indica a

Pancho que se acerque, y él obedece: la expresión de terror, los ojos sin brillo y la palidez del abogado le congelan la sangre.

—Mauro, creo que ora sí se murió este güey.

—¿Tas seguro?

—Yo digo que sí.

—Toca el cuello, así como en las películas, pa ver si respira.

—¡Es pa notar si le late el corazón! —lo corrige Pancho.

—*Pus* pa lo que sea, ¡pero hazlo ya!

Temblando y con cara de asco, lo toca y pega un salto hacia atrás.

—¡Ay, güey!, está refrío y se ve bien… bien sabes cómo.

Mauro comprueba que Pancho tiene razón.

—Pinche Víctor, me quitaste el gusto de apretarte yo mismo el pescuezo, pero a tu amiguito, a ese sí me lo voy a despachar con mis propias manos. ¡Prepárate, *Ales*, prepárate!

Capítulo 19

El doctor le ha recomendado reposo y el dolor de las heridas apenas ha disminuido, sin embargo, Álex está dispuesto a iniciar un día lleno de actividad. En el momento que se pone el saco, suena su celular.

—Rubén, buenos días. (…) ¿Por qué tanta urgencia? (…) ¡No puede ser, voy para allá!

A pesar de las molestias, sale corriendo. El trayecto de casi treinta minutos le parece eterno. Tres patrullas y los vehículos de los médicos forenses, la policía científica, la Fiscalía y los medios de comunicación, ávidos de una noticia que venda, le impiden aparcar cerca de la oficina de Víctor Aranda. Rubén le facilita la entrada al edificio. Deben subir por las escaleras, pues están inspeccionando el elevador.

—¿Ya ha llegado Max?

—Está en camino.

—¿Saben qué pasó?

—No, Álex. Lo único que te puedo decir es que… no tuvieron piedad con él.

—¿A qué te refieres?

—A ver qué dice la autopsia, pero, a simple vista, es evidente que lo torturaron.

—¿De verdad?

—Quizás entraron ladrones y lo obligaron a confesar si había algo de valor. Lo ha encontrado la secretaria, pero ahora mismo es imposible hablar con ella, no me explico cómo ha sido capaz de dar parte a la policía.

Llegan al cuarto piso. Gracias a Rubén, también le permiten la entrada a Álex. Les proporcionan unos protectores para los pies y unos guantes desechables Todo está en orden en la recepción y en el corredor, pero, cuando atraviesan la puerta del despacho de Víctor Aranda, los ojos de Álex se desorbitan al ver el dantesco espectáculo. Mira el cadáver, a Rubén y, de nuevo, al cadáver. Se lleva las manos a la nuca y exhala.

—Dios mío.

Víctor Aranda, sentado en su exclusiva silla, está volcado sobre su fino escritorio, con un vaso en la mano derecha y una botella de tequila bajo la izquierda, la cual se ha derramado por la caoba. Un desagradable olor invade el despacho destrozado.

Dos médicos forenses se colocan a los lados del occiso y, agarrándolo por brazos y piernas, lo levantan. El cadáver permanece exactamente en la misma posición, un tercer médico ayuda a meterlo en la bolsa negra. Queda a la vista la sonrisa que el o los asesinos le marcaron de oreja a oreja con algún objeto punzante.

Álex, estupefacto, mira a Rubén, que no sabe qué decir.

Para cerrar la bolsa, uno de los médicos tira del brazo derecho. Logra estirarlo un poco, pero, al soltarlo, vuelve al ángulo anterior. A Álex, el estómago se le revuelve y corre hacia el aseo. Cuando regresa, se disculpa con Rubén.

—No te preocupes, es algo muy común si no estás acostumbrado.

—Rubén, presiento que esto es obra de Mauro. —Al mencionar el nombre, alguien le toca el hombro, y se sobresalta. Al girarse, se encuentra con la mirada de su amigo Max.

—Álex, ¿estás bien?

—Hola, Max, la verdad es que no sé ni cómo me siento. ¡Esto es horrible!

—No deberías haber entrado. Siempre afecta ver a alguien así, aunque la relación no fuese buena.

El fiscal Ramón Silva y un agente se acercan.

—Buenos días, señores. —Todos saludan con un movimiento de cabeza—. Agente Ramírez, él es Federico Sifuentes, será su compañero en la investigación del asesinato de Víctor Aranda.

—¿Escuché bien, señor fiscal? —Rubén no puede ocultar la alegría: oficialmente, abandona ese agujero donde ha estado desde que terminó la academia.

—Escuchó muy bien. Quiero buenos resultados, el occiso era una persona muy importante y se nos avecina una tormenta que…

Los gritos que provienen del corredor interrumpen al fiscal. Todos dirigen la mirada hacia la puerta. Dos policías intentan detener a un hombre elegantemente vestido. El fiscal levanta las cejas y exclama:

—¡Se lo dije! —Se apresura hacia el recién llegado—. Buenos días, soy el fiscal Ramón Silva, ¿con quién tengo el gusto?

—Soy el ingeniero Julio Montemayor y necesito que… —Se percata de la presencia de Álex—. ¿Tú qué haces aquí?

—Es mi suegro —susurra a Rubén, al ver su mirada de sorpresa—. Hola, Julio, no te aconsejo entrar.

—¡Déjate de consejos y responde mi pregunta!

—Vamos a otro sitio para hablar.

—¿Hablar?, ¿de qué diablos quieres hablar?

—Julio, acompáñame para…

—¿Qué tienes tú que ver con esto? ¡Dime!

—¿Es usted familiar del occiso, señor Montemayor? —pregunta el fiscal.

—No, no lo soy, pero eso qué importa.

—Importa y mucho. Le pido que se retire.

—Víctor Aranda era como de mi familia y exijo que alguien me explique.

—Aquí no recibirá ninguna información. —Silva se dirige a los oficiales—: Ustedes dos, encárguense de que este señor no entre.

—¿Cómo se atreve?

El fiscal lo ignora y regresa con el grupo. Álex se da cuenta de que Julio Montemayor está a punto de explotar e interviene:

—Julio, por favor, tranquilízate.

—Ese insolente no sabe quién soy yo, terminará en la calle.

—Por favor, escúchame. —Julio amaga con entrar—. Hazme caso, yo puedo contarte todo, pero vamos a otro lugar.

En ese momento, sale la camilla con el cadáver. Julio la sigue con la vista, confundido por la forma extraña. Se rasca la frente y suspira.

—Álex, quiero que me expliques qué haces aquí y por qué tú estás enterado de lo ocurrido.

—No sé cómo sucedió, pero sospecho…

—¿Ahora es solo una sospecha? ¡No me quites tiempo, necesito hablar con alguien que…!

—Señor Montemayor, mi nombre es Rubén Ramírez, agente de investigación y el encargado del caso. Lo siento, pero tiene que abandonar el edificio.

—Solo quiero saber qué diablos ha pasado aquí.

—Entonces, le sugiero que se dirija a la Fiscalía del Estado para pedir información, pero espere unos días, por el momento no es posible sacar conclusiones.

***

Una semana después, Álex se reúne con Max y Rubén en la terraza de una cafetería del centro histórico para disfrutar de la agradable mañana. Después de tomar los desayunos, Rubén les cuenta los avances de la investigación.

—La noche del crimen, las cámaras de vigilancia grabaron a dos hombres cuando entraron al edificio, pero no fue posible identificarlos porque llevaban puesto un casco de motociclista. En la oficina no se encontraron huellas dactilares, pero sí muestras de ADN en uno de los vasos y algunos cabellos. Coinciden con otras halladas en la casa de seguridad y en los dos coches. Por cierto, seguirán ahí unos días más, con el rastreador puesto. Tenemos la esperanza de que les dé por utilizarlo.

—Muy buena idea, ojalá y cometan ese error. ¿Saben ya a quién pertenecen esas muestras?

—Lo miramos en el banco de datos. —Suspira y da un trago al café.

—¿Y? Rubén, por favor, déjate de suspensos.

—Sí, Álex, discúlpame. El ADN del vaso tiene un porcentaje de coincidencia con el de Bruno Méndez, uno de los secuestradores que murió en el operativo. La otra pertenece a Francisco Sánchez, alias el Mohicano, un drogadicto con antecedentes penales.

—Estoy seguro de que la muestra del vaso pertenece a Mauro, es el primo de Bruno.

—Es posible. Hay una propiedad a nombre de Bruno Méndez cerca de la casa de seguridad. Al registrarla, obtuvimos dos muestras de ADN de las botellas de cerveza: son idénticas a las de la oficina de Víctor Aranda. No se han detectado movimientos en ninguna de las dos viviendas. Gracias a las cámaras de seguridad de la calle, identificamos la moto que utilizaron los asesinos. Pertenece a Ernesto Luna, uno de los detenidos en el operativo. Ya hemos interrogado a su esposa, que, obviamente, asegura no saber nada de los asuntos de su esposo ni de sus amigos.

—Te felicito por el gran trabajo, Rubén —interviene Max—. Pronto lograrán dar con esos infelices. —Dirige la mirada a Álex—: Y tú, ¿cómo estás?

—Con algunas molestias aún, pero bien. Mi ojo ya está recuperado y los dolores de cabeza han desaparecido. Y por fin cambié el hotel por un departamento. —Sonríe—. En cuanto termine de amueblarlo, los invito. —Álex agradece las felicitaciones y continúa—. Otra buena noticia es que el yacimiento ya se puso a nombre de José. ¡Y ha tenido una gran idea! Hace un tiempo, le propuse que colaborara en las becas de los jóvenes de la escuela y aceptó. Ahora que explotará el yacimiento, invertirá gran parte de los ingresos en la educación de los más necesitados, así ayudará al desarrollo del ejido. Me alegro de verlo tan feliz, su familia y él son excelentes personas y se lo merecen. Solo falta que Fernanda se restablezca. Físicamente se encuentra mucho mejor, pero sufre pesadillas. Han logrado que salga de la habitación, pero la calle le asusta. Ya ha comenzado la terapia.

—Se repondrá, Álex, ya lo verás —dice Max.

—Sí, de eso estoy seguro. La noticia menos buena es que Martha sigue adelante con los trámites del divorcio. El próximo lunes se llevará a cabo la única audiencia de conciliación que marca la ley. Tal parece que está decidida, así que no me opondré más. —Hace un gesto de resignación.

—No sabes cuánto lo siento, pero eres joven y reharás tu vida.

—Espero que sí. Pero lo que de verdad deseo es que pronto atrapen a Mauro y a su cómplice. Rubén, mantenme informado.

Capítulo 20

Rancho Grande, una comunidad rural de solo ciento cincuenta habitantes enclavada en las afueras de San Luis Potosí, en el municipio de Soledad de Graciano Sánchez, se encuentra a unos veinte minutos de la colonia popular Pedro Moreno. Allí se esconden Mauro y Pancho.

Después de hacer una llamada, el Mohicano sonríe:

—Ya está, mi Mauro, dice el pelón que cuentes con él, con el Roberto y con otro más, creo que es primo del Roberto.

—¡Esa voz me agrada!

—También me ha contado que la chota fue de nuevo a la colonia, a la casa de Ernesto y a la mía. El susto que le han dado a mi jefa, hijos de la chingada.

—¿Qué más?

—Que la vieja del Ernesto no dijo ni maíz, también han ido a la casa donde teníamos a la vieja, no sabe qué tanto hicieron ahí, pero los coches no se los llevaron.

—*Pus* es una buena noticia que se hayan olvidado de recogerlos, porque los necesitamos pa salir de este chiquero a donde me *trajistes*.

—¿Qué pasó, mi Mauro? Es la casa de mi abuela.

—Me refiero al pueblo. De tu abuela ni hablar, cocina resabroso. Bueno, y el pelón, ¿qué ha dicho de las pistolas?

—Que no hay pex, podemos pasar por ellas luego luego.

—Vamos pa'llá.

—¿Y qué quieres hacer? Pregunto nomás pa saber.

—Mi buen Mohicano, llegó la hora de vengar a Bruno. Por culpa de ese mentado *Ales* y el pinche ranchero, la chota mató a mi primo y *pus* ora se los va a llevar la chingada, ¿que no?

—Mi Mauro, tú di rana y yo salto.

—Ándale, vámonos, porque esos güeyes se mueren hoy mismo, ¿que no?

—Pero ¿el *Ales* ese seguirá en el hotel?

—No sé, yo creo que estará con el ranchero, ya ves que el Víctor dijo que son bien amigos. Además, trabaja en ese pinche lugar, eso dijo también el Víctor, y *pus* a un muertito hay que creerlo, ¿que no? —Se carcajea—. Muévete, porque ya se me queman las habas.

***

En el momento en que Álex sube al coche tras su revisión médica, escucha una alarma que proviene de su saco. Intrigado, toma el celular. Lo que ve en la pantalla lo desconcierta, le lleva unos segundos comprender que se trata de la aplicación del rastreador.

—Hola, Rubén, ¿estás ocupado?

—No, Álex, dime.

—Oye, ¿han decidido trasladar el coche de los secuestradores al corralón?

—¿De qué hablas?

—La aplicación me acaba de avisar.

—¿Cómo? Si nadie ha movido el coche.

—Bueno, si se ha activado solo en mi celular, quizás sea un error.

—No, Álex, Max la desinstaló y yo no tengo buena señal aquí.

—¡Entonces, ha sido Mauro! —exclama Álex.

—¿Por dónde va?

—Por la carretera 57, a la altura de Pozos, en dirección a Santa María. ¡Tenemos que hacer algo! Creo que se dirigen al rancho de José. —Álex arranca—. ¿Tú dónde estás?

—En Mexquitic de Carmona. Para volver, tengo que atravesar la ciudad, y eso me costará demasiado tiempo.

—Lleva casi veinte minutos de ventaja y a esta hora hay bastante tráfico, es imposible alcanzarlo —dice Álex.

—Inténtalo. Mientras tanto, pediré refuerzos, espero que alguna unidad se encuentre por los alrededores.

Álex toma el bulevar Antonio Rocha, la vía más rápida para llegar desde Rinconada de los Andes hasta la carretera 57, pero, debido al tráfico, avanza con lentitud. Afortunadamente, el punto verde también está atrapado en el embotellamiento, pero, de pronto, desaparece. Llama de nuevo a Rubén y activa el manos libres.

—¡Ya no veo el punto verde!

—No te preocupes, suele suceder, aparecerá en cuestión de segundos.

—¿Y los refuerzos?

—Hay una unidad en la carretera 57, pero a la altura de Lomas de San Felipe, prácticamente al otro extremo. Álex, eres el que está más cerca de ese infeliz, ¡debes darte prisa!

—Rubén, no me pongas más nervioso. ¡El punto verde ha reaparecido!

—Ánimo, Álex, lograrás alcanzarlo.

—Comunícate con la comandancia de Santa María, ellos podrán ayudarnos.

—Buena idea, pero tengo que colgarte porque con ellos no puedo contactar por radiotransmisor.

—Está bien, llámame en cuanto sepas algo.

De pronto, Álex se da cuenta de que ha perdido un tiempo valioso. Marca a la casa de la familia Navarro. Escucha los tonos una y otra vez, pero nadie responde. Cuando va a probar con el celular de José, una llamada entrante se lo impide.

—Álex, espero que no te...

—Max, José y su familia corren peligro. ¿Dónde estás? Tengo que colgar para...

—¡No te entiendo! Cálmate, por favor, y explícame qué pasa.

Atropelladamente, Álex lo pone al tanto.

—Estoy en el Cerro de San Pedro —dice Max—. Salgo de inmediato para el rancho de José. Podemos encontrarnos en La Pila, llego dentro de unos cuarenta minutos.

—Yo voy por el bulevar Antonio Rocha, a la altura de El Aguaje, tardo unos veinte minutos, no puedo esperarte, lo siento. Te cuelgo para avisar a José.

—¡Sí, adelante!

«El número que usted marcó no está disponible o se encuentra fuera del área de servicio».

Cuando Álex alcanza La Pila, el punto verde se acerca a Santa María del Río, le lleva treinta minutos de ventaja. En el entronque de Villa de Reyes, Álex se librará del tráfico, pero aún le faltan unos doce minutos.

«El número que usted marcó no está disponible o se encuentra fuera del área de servicio».

—¡Contesta, por favor! —Vuelve a marcar. «El número que usted…»—. ¡No, no, nooo! José, ¿dónde estás?

El celular suena tan pronto cuelga.

—¡Rubén, dime que te comunicaste con Santa María!

—Sí, Álex, ya han enviado una unidad al rancho de José.

—Estupendo, de todas formas, necesito comprobar que están bien.

—¿Has logrado acortar distancia?

—Aún no, estoy cerca del entronque.¿Tú por dónde vas?

—Por el parque Tangamanga.

—¿De verdad? ¿Vienes volando?

—Tengo la ventaja de la sirena y las luces, aunque sabes que los conductores no siempre colaboran.

—Pues haz hasta lo imposible por llegar rápido.

—Por supuesto, pero relájate, te repito que ya hay una unidad en camino.

Álex toma el camino rural. Ha perdido la cuenta de las veces que ha intentado comunicarse con José, pero dentro de diez minutos estará en el rancho. Para entonces, el punto verde llevará casi veinte allí. ¿La policía habrá aparecido a tiempo? Marca una vez más el número de la familia Navarro. Escucha una voz desesperada:

—¿Bue... bueno?

—¡Amalia, por fin!

—Álex, por fa...

—¿Amalia? —No hay respuesta.

—*Ales*, ¡qué gusto! Seguro que me extrañas, ¿que no?

—¡Mauro, no vayas a cometer una injusticia!

—¿Injusticia? Por culpa de este pinche ranchero, los chotas mataron a mi primo.

—No, Mauro, estás equivocado: yo avisé a la policía, José no sabía nada.

—No me quieras hacer güey, este cabrón me las va a pagar.

—Mauro, te repito que fui yo. Escucha, la policía ya está en camino, lo mejor es que te vayas de ahí antes de que te detengan.

—¿Que me detenga quién? ¿Tus pinches chotas? A esos ya se los llevó la chingada.

—Mauro, déjalos en paz, por favor.

—No, mi *Ales*, ¡todos se van a morir!

—Solo yo tengo la culpa.

—*Pus* claro, y a ti también te voy a matar, ¿que no? Aquí te espero, porque vas a venir, *¿vedá?*

En ese momento, Álex traspasa el portón abierto de La Esperanza. Atisba un grupo que se ha reunido frente a la casa. Hay una patrulla, pero no ve a los policías. Debe mantener a Mauro al teléfono el mayor tiempo posible.

—Estoy dispuesto a darte lo que pidas, siempre y cuando los liberes.

—Mira, pinche *Ales*, el que manda aquí soy yo.

—Solo trato de...

—Ya, cabrón, muévete, o te vas a perder el *chou*.

—Mauro… Mauro. No puede ser, me colgó.

Juan se acerca a toda prisa. Le cuenta que él se encontraba en los plantíos, pero un empleado ha visto como llegaban unos hombres en un coche negro y, poco después, la policía. Los han recibido a balazos. Los cuerpos de los agentes aún están tirados en el porche. Los del coche negro han amenazado con matar a José y a su familia si alguien intenta algo. En ese momento, suena el celular de Álex.

—Rubén, ¿dónde estás? (…) Sí, y las cosas no se ven nada bien, ¡han matado a los policías! ¡Por favor, apúrate! (…) ¡Es demasiado tiempo! (…) De acuerdo. (…) He hablado con Mauro y me ha dicho claramente que quiere matar a José y a su familia… Y a mí. (…) Sí, pero dense prisa.

Nada más colgar, marca a la casa de José. Suenan varios tonos, por fin Mauro responde.

Ya estoy aquí.

—Mi *Ales*, qué rapido llegaste, ¿vas a entrar o qué?

—Por supuesto que voy a entrar, pero primero me tienes que…

—Hey, hey, sin condiciones, ¿entendiste?

—Mauro, escucha, hay más policía en camino. Libéralos a ellos y te prometo que me voy contigo sin oponer resistencia.

—¡Ya párale, güey! ¡Entras o se mueren!

—Al menos, deja libre a uno de los tres, tú decides quién. En cuanto salga, entro yo, te doy mi palabra.

—En serio que'res reterco. Está bien, aguanta. —Cuelga.

Álex clava la mirada en la puerta. Al cabo de unos minutos, Juan, desesperado, pregunta qué pasa. El sonido del celular los sobresalta.

—Lo siento, mi *Ales*, pero la pinche vieja no quiere.

—¿De quién hablas?

—De la vieja del ranchero. Dice que sola no se va, y *pus* ni modo, también se va a morir.

—Mauro, por favor, ponme con ella.

—Mira, pinche *Ales*, ya me cansaste, y como no entras, ahí te va el primero.

—¡No, Mauro, espera!

Antes de que corte la llamada, se oye un disparo seguido de gritos. Álex reconoce la voz de Amalia y José. Se lleva las manos a la cabeza:

—Fernanda —balbucea, aterrado.

Se dirige a toda prisa hacia la casa. Las cortinas de una de las ventanas se mueven, se está asegurando de que va solo. Cuando sube los cinco escalones del porche, Álex se detiene, traga saliva y mira hacia atrás, con la esperanza de que alguien llegue para ayudarlo. Juan y el resto de los presentes lo observan como si dieran por hecho que está a punto de morir. Suspira para controlar su nerviosismo y empuja la puerta entreabierta.

***

Tres minutos después, el coche de Rubén recorre el camino empedrado del rancho. Para cerca del grupo y baja. Juan se acerca, pero, antes de que pronuncie palabra, un nuevo coche les llama la atención. Sienten cierto alivio al ver que se trata de Max. Estaciona detrás del coche de Rubén y se reúne con ellos para que lo pongan al tanto.

—¡Juan, lo van a matar! ¿Por qué no impediste que Álex entrara?

—Escuché su conversación con el secuestrador. Él mismo se ofreció, estaba decidido.

—¿Quiénes se encuentran en la casa?

—Pues no lo sé. Normalmente, hay una señora o dos que ayudan en las labores, y desde que la señorita Fernanda regresó, también una enfermera. Un doctor la visita algunos días.

—Dices que se ha oído un disparo. ¿Crees que han matado a alguien?

—No sé, pero Álex ha dicho «Fernanda» y ha corrido para la casa.

Los amigos intercambian miradas de preocupación.

—¿Hay alguna forma de entrar?

—Sí, por el jardín que da a la cocina y por el despacho de don José, pero las están vigilando. Ya lo hemos intentado, y nos recibieron a balazos. Por suerte, no nos alcanzaron.

Se escucha un nuevo tiro e, instintivamente, todos se cubren. Rubén y Max se acercan con lentitud, pero les disparan y se arrojan a tierra para resguardarse. Segundos después, suena el celular de Rubén.

***

Álex cierra la puerta como le ordena Mauro. Avanza despacio, sin apartar la vista de las personas recargadas en la pared al costado derecho de la puerta de la cocina. Suspira de alivio al ver a Fernanda entre Amalia y José, también hay una enfermera con el rostro y la ropa salpicadas de sangre y un empleado del rancho sangrando por una herida de bala. En los ojos de todos se vislumbra el pánico, menos en los de Fernanda; ella parece ausente, es la única que no se voltea hacia él.

—*Ales*, mira lo que has provocado. —Señala al hombre.

—Mauro, detén esta locura, ellos no tienen nada que ver con esto.

—¿Me estás llamando loco? —Frunce el ceño—. Pinche *Ales*, no te pases.

—No, por supuesto que no —Álex escoge muy bien sus palabras—, pero entiende que el único culpable soy yo.

—¡Ya, ya! Mejor acomódate, ¿no ves que eres el invitado especial? —Se carcajea.

Discretamente, Álex recorre la sala con la mirada. A Mauro solo lo acompaña un tipo con un peinado llamativo. Los demás siguen vigilando los accesos. Da unos pasos en dirección al aterrado grupo.

—No, mi *Ales*, acá está tu lugar. —Palmea el respaldo del sofá—. ¡Ándale, ven!

—Mi Mauro, acaba de llegar una patrulla —interrumpe su secuaz—. Bueno, un coche con torreta.

—¿Cuántos van? —Mauro no muestra preocupación.

—Nomás uno… Oye, ahí entra otro coche. Yo creo que son judiciales.

—Esto se pone bueno, ¿que no? —Mauro se carcajea.

—Y también viene solo.

—No los descuides, si intentan una pendejada, te los quiebras. —Se dirige a Álex—. ¿A dónde vamos, mi *Ales*?

—Supongo que eres un hombre de palabra.

—¿Qué hablas?

—Quedamos en que si yo entraba, dejabas libre a alguien, y aquí estoy.

—Ah, *pus* sí, pero ya te dije que la vieja no quiso irse, así que ora se chinga.

—¿Puedo probar a convencerla yo? —Álex le sostiene la mirada a Mauro—. Por favor.

Los quejidos del empleado atraen su atención.

—Mira tú, no se muere el desgraciado. —Mauro camina hacia el herido mientras saca la pistola.

Álex hace ademán de acercarse para detenerlo, pero Mauro le apunta con el arma, chasca la lengua y, con un movimiento de cabeza, le ordena que no lo haga. Sonriendo, se gira en dirección al empleado y le dispara en la frente. La enfermera, histérica, grita e intenta levantarse, pero Mauro la encañona y, cuando está a punto de apretar el gatillo, Álex se interpone entre ellos. Al oír los disparos del Mohicano, Mauro apunta hacia la puerta, pero nadie entra.

—Y ora, tú, pedazo de pendejo, ¿qué haces?

—Creí que los chotas venían para acá —dice el Mohicano, asustado—, y tú dijiste que me los quebrara.

Álex aprovecha la discusión para acercarse a la enfermera. Como sabe que no puede tranquilizarla, la deja inconsciente con una técnica de artes marciales. Se levanta en el momento que Mauro lo mira con enojo.

—Diles a tus amigos los chotas que se dejen de pendejadas o se muere otro de los rancheritos.

—Mauro, yo…

—Ta bueno, si no quieres, no hay pedo. —Mauro amaga con matar a alguien más.

—¡De acuerdo, como tú digas!

Toma su teléfono y marca un número. Le responden de inmediato.

—Rubén, no intenten nada, por favor, o habrá más muertes aquí en la sala. (…) Sí, estoy bien. (…) Sí, pero ya no hagan…

—Ya cabrón, ya. —Mauro le arrebata el celular—: ¡Miren, pinches chotas, esto es entre su amigo *Ales* y yo! Váyanse o se mueren todos, incluido el *Ales*! —Cuelga y lo lanza contra la pared—. *Onde* te voy a mandar, no necesitas teléfono. —Se carcajea.

—Mauro, por favor, deja que se vaya la señora Amalia.

—¡Otra vez con lo mismo!

—Entiende, ella no tiene la culpa de nada.

—Oh que la canción. —Guarda silencio y observa al grupo—. ¿Y a esa qué diablos le pasó? —Señala a la enfermera, que empieza a recuperarse.

—Mauro, disculpa que insista, pero…

—Pinche *Ales*, en serio que eres terco. Ta bien, que se largue.

—Permite que se lleve a su hija, mira…

—Ya párale, cabrón, porque me estás encabronando. —Se gira hacia la enfermera, que no para de quejarse—. Y tú, ¡cállate! —Dispara dos veces.

El primer impacto le destroza el hombro izquierdo, el segundo le atraviesa el corazón.

Álex, sin importarle lo que le pueda pasar, se interpone entre Mauro y el grupo.

—¡No, detente!

Mauro levanta los hombros y sonríe:

—Ni modo, mi *Ales*, pero la pinche vieja me puso de los nervios. Además, yo creo que ya llegó la hora de morirse.

—Mauro, solo deja que…

—Esto ya valió madres, así que aplástate a un lado de la vieja y ponte a rezar. —Esboza una sonrisa y le apunta con la pistola.

Álex respira agitadamente y las piernas le flaquean. Mauro tensa el índice sobre el gatillo, pero no logra disparar porque una lluvia de balas los obliga a resguardarse. Al ver que en la sala no pasa nada, comprenden que el ataque se está llevando a cabo en la cocina y en la parte trasera de la casa.

Mauro se gira justo cuando un proyectil pulveriza la nuca del Mohicano. La sangre y la masa encefálica salpican el piso y algunos muebles. Mauro no puede apartar la vista y Álex aprovecha para abalanzarse sobre él como si de un jugador de fútbol americano se tratara. En la caída, Mauro pierde la pistola.

Ruedan por el suelo, golpeándose, y se levantan. Mauro lo observa con esa temible mirada que lo caracteriza. Sangra por la nariz, todavía amoratada por la pelea en el hotel. De nuevo, se enzarzan. El entrenamiento militar y la experiencia que ha adquirido en la calle han hecho de Mauro un experto en la pelea cuerpo a cuerpo. Su tercer puñetazo impacta en el ojo izquierdo de Álex, la reciente herida de la ceja se abre y la sangre brota. Aun así, esquiva el cuarto puñetazo y conecta un gancho perfecto al hígado seguido de otro a la quijada. La resistencia de Mauro es increíble, logra mantenerse en pie y toma impulso para golpearle, pero Álex le da una espectacular patada en la cara. Por fin, cae al suelo como un fardo. Aunque cree que lo ha noqueado, Mauro se arrodilla. Álex lo toma por el cuello y aplica una técnica de estrangulación, pero Mauro se defiende, lanza golpes a los costados. Álex aprieta hasta que consigue que pierda el conocimiento. Alza la vista al techo y suspira con alivio. Exhausto, cae de rodillas y dirige la mirada al grupo: Amalia y José tiemblan, aterrados; Fernanda no se ha enterado de nada. Con dificultad, se pone de pie para acercarse a ellos.

Ya no se oyen disparos.

—La casa está rodeada. Salgan con las manos en alto y entréguense —grita Max desde la cocina.

Álex se asoma con cuidado. Descubre a su amigo en la puerta que da al jardín. Detrás de la mesa, el cuerpo de uno de los incondicionales de Mauro yace sobre un charco de sangre. Con un gesto, le indica a Max que pueden entrar.

Al mismo tiempo, Juan y Rubén llegan por el pasillo del despacho de José. Uno de los delincuentes camina delante de ellos con las manos esposadas, pálido y sudoroso. Rubén les informa que la parte trasera está segura y se va a revisar la planta alta.

Juan y Álex se acercan a socorrer a la familia Navarro y, en ese momento, un disparo retumba en la sala. Sorprendidos, se giran hacia la puerta de la cocina. Ahí está Max con el arma aún humeante y la mirada fija en Mauro Méndez, que yace de espaldas y con la pistola en la mano. No se habían percatado de que se había puesto en pie y se disponía a matarlos.

Rubén regresa corriendo. Mira a Max, después al cuerpo sin vida de Mauro. Sin decir palabra, pone la mano sobre el hombro de su compañero.

Las sirenas que se escuchan indican la llegada de más policías y de una ambulancia. Álex se abraza a Max y Rubén.

—Gracias, gracias por todo.

EPÍLOGO

El sol brinda calor y luz al primer día de otoño. Los rayos se cuelan por entre las hojas de los manzanos, que, tras la cosecha de la reina de las frutas, se pondrán de bellos colores para después caer al suelo. En el rancho La Esperanza, es temporada de mucho trabajo, pues también se recoge el maíz. Sin embargo, la estrella de las verduras es el jitomate; el estado potosino es el segundo productor a nivel nacional.

La tierra semiárida que rodea el rancho de José, típica de la región, contrasta con el colorido de sus plantaciones alternativas. La terrible experiencia del secuestro ha quedado en el olvido y La Esperanza vuelve a ser un oasis próspero y hermoso. El ejido también se ha transformado de una manera espectacular gracias a la becas educativas sufragadas por el yacimiento. La vida de los lugareños ha mejorado.

Alejandro Quintero Navarro es un niño inquieto. Está encantado con Chiquito, el poni que su padre, el profesor del pueblo, le regaló por su tercer cumpleaños. Su madre y sus abuelos, a la sombra de un frondoso árbol, contemplan embelesados la escena. Max, su padrino, lo anima a ir más rápido mientras su tío Juan, con una sonrisa, jala de la rienda.